Elisa Lark

Gewitterleiche

Provinzkrimi

Kurzbeschreibung

Nach einem starken Gewitter wird am Donauufer eine Frauenleiche angespült. Alles sieht nach einem Unfall aus, zumindest bis die Gerichtsmedizinerin die Leiche des Opfers genauer untersucht. In der Lunge des Opfers wurde kein Donauwasser gefunden, sondern Trinkwasser mit Badezusätzen. Und damit wird aus einem Unfall ein grausamer Mord.

1. Kapitel

8. August, abends halb zehn in Oberhunding

„Es schaut aus, als würde die Welt gleich untergehen“, murmelt die Mama, als sie aus dem Fenster blickt.

In diesem Moment blitzt und donnert es beinahe zeitgleich, was bedeutet, dass das Gewitter verdammt nahe ist. Die Mama holt daraufhin die Gewitterkerze aus dem Küchenschrank und stellt diese auf den Esstisch. Dabei handelt es sich um eine schwarze, gesegnete Kerze, die bei Unwetter vor Schäden und Blitzschlag schützen soll.

„Deine Mama ist ein richtiger Hosenscheißer, was Gewitter anbelangt“, flüstert mir die Oma zu, während meine Mama die Kerze anzündet.

„Wenn gleich der Strom weg ist, dann seid´s ihr froh, dass eine Kerze brennt“, entgegnet sie vorwurfsvoll.

Als hätte die Elektrik geradezu auf diese Aussage gewartet, erlischt auch schon das Licht, als es erneut blitzt und donnert.

„Das hast jetzt ja direkt heraufbeschworen“, brummt der Papa.

„Geh lieber runter und mach die Sicherung wieder rein“, erwidert die Mama im Befehlston und deutet mit dem Kinn auf ihn.

„Der Weg wäre ja direkt umsonst. Die fliegt ja gleich wieder raus, solange es so stark gewittert.“

Der Papa macht keine Anstalten sich vom Kanapee zu erheben. Stattdessen verschränkt er demonstrativ die Arme hinter dem Kopf und schließt seine Augen.

Da es sich um ein altes Haus handelt, fliegt die Sicherung sehr schnell, wenn ein Gewitter vorüberzieht. Im Gegensatz zu meiner Mama nimmt der Papa solche Wetterextreme allerdings gelassen. Das Einzige was ihn dabei stört ist, dass der Fernseher nicht funktioniert.

Erneut erhellt eine ganz Bataillon von Blitzen den Himmel und ein dunkles Grollen zieht durch die Nacht. Die Mama schrickt zusammen, während die Oma am Fenster steht und dem Unwetter fasziniert zusieht.

Sie liebt Gewitter und hat im Gegensatz zu meiner Mama keine Angst davor. Auch wenn ich mich nicht fürchte, so habe ich doch immer einen gewissen Respekt davor, denn ich weiß, welche Macht solche Wetterextreme haben und welchen Schaden sie anrichten können.

In diesem Moment ertönt die Sirene der örtlichen Feuerwehr. Mein Papa öffnet abrupt die Augen.

„Jetzt hätte ich gerade eingeschlafen“, stöhnt er, bevor er vom Kanapee aufspringt.

Wie fast alle Männer hier im Dorf, ist auch mein Papa bei der freiwilligen Feuerwehr. Darum muss er nun so schnell wie möglich zum Feuerwehrhaus fahren, sich in seine Schutzkleidung schmeißen und mit seinen Kameraden zum Einsatzort fahren.

Auch Michi kommt aus seinem Zimmer gestürmt und sprintet über die Treppe nach unten. Beide verlassen das Haus und kurze Zeit später hören wir schon, wie das Auto vom Hof fährt.

„Hoffentlich ist nichts Schlimmes passiert“, murmelt die Mama angespannt.

„Vermutlich ist nur irgendwo ein Keller vollgelaufen, den sie auspumpen müssen“, entgegnet die Oma und sieht weiterhin aus dem Fenster. „Wäre auch kein Wunder, so wie es jetzt schüttet.“

„Also ich brauch jetzt einen Schnaps“, sagt die Mama nach einer Weile.

„An solchen nehme ich auch“, stimmt die Oma sofort zu.

„Eine gute Idee“, sage ich und hole die Gläser aus dem Schrank, während Mama ins Wohnzimmer geht.

Sie kommt mit einer Flasche Jägermeister zurück und wir drei setzen uns an den Tisch. Lediglich die Flamme der schwarzen Kerze spendet uns etwas Licht. Als meine Mama die Flasche aufschraubt, blitzt und donnert es erneut. Sie zuckt zusammen und wirkt für einen Moment wie erstarrt, während sie aus dem Fenster starrt.

„Lass mich das machen“, seufzt die Oma ungeduldig und entreißt meiner Mama die Flasche.

Sie füllt die Gläser und stellt die Falsche zurück auf den Tisch.

„Also Prost!“, ruft sie schließlich, als sie ihr Glas ergreift.

Endlich erwacht auch die Mama wieder aus ihrer Starre und nimmt ihr Schnapsglas. Wir stoßen sie gegeneinander und leeren den Inhalt in unsere Kehlen. Der scharfe Kräuterlikör brennt sich meinen Rachen hinab und ich höre die Oma genüsslich seufzen.

„Da nehmen wir doch gleich noch einen“, schlägt sie vor und greift erneut zur Flasche. „Auf einem Bein steht man schließlich nicht gut.“

„Oma, du sollst doch nicht so viel Alkohol trinken, hat der Doktor g´sagt!“, tadelt sie die Mama.

„Und du sollst dich beim Gewitter nicht so in die Hose scheißen. Das ist nicht gut für deinen Blutdruck“, entgegnet sie sarkastisch.

Entschlossen ergreift sie ihr Glas und kippt den Jägermeister hinunter. Meine Mama zögert und wirft der Oma einen finsteren Blick zu. Erst als ich mein Glas nehme und ihr zuproste, macht sie es mir gleich.

„Und wirst jetzt langsam ruhiger?“, fragt die Oma sie.

Ich weiß ja nicht wie es meiner Mama geht, aber in meinem Bauch breitet sich eine angenehme Wärme aus. Der Schnaps verfehlt zumindest bei mir seine

Wirkung nicht. Auch die Mama wirkt versöhnlicher, obwohl sie noch bei jedem Donner leicht zusammenzuckt.

Es dauert noch eine ganze Weile, doch dann lässt das Gewitter langsam nach.

„Na endlich“, seufzt meine Mama und lehnt sich erleichtert im Stuhl zurück.

„Da trinken wir doch gleich noch einen drauf“, witzelt die Oma und schenkt die Gläser nochmal voll.

Ich sehe es der Mama an, wie sie sich einen weiteren Kommentar verkneift. Stattdessen steht sie auf, holt eine Taschenlampe aus dem Küchenschrank und geht zur Tür.

„Vorher drücke ich noch die Sicherung rein. Wer weiß, ob ich nach einem weiteren Schnaps noch dazu in der Lage bin unfallfrei in den Keller zu gehen.“

„Warte Mama, ich kann das auch machen“, biete ich ihr meine Hilfe an und stehe auf.

„Geh, bis du die Sicherung wieder findest. Da bin ich dreimal schneller als du.“

„Wenn du meinst“, entgegne ich schulterzuckend und setze mich wieder auf meinen Stuhl.

Es ist zwecklos mit ihr zu diskutieren und außerdem hat sie recht. Ich habe keine Ahnung welche Sicherung ich wieder reindrücken muss. Zumindest weiß ich, wo sich der Sicherungskasten befindet, das wäre doch schonmal ein Anfang. Sicherlich hätte ich den Strom früher oder später wieder anmachen können. Es hätte halt nur eine Weile gedauert.

Aber so ist es mir auch recht.

„Geh, jetzt trinken wir beide noch schnell einen“, schlägt die Oma vor und hält mir ihr volles Glas entgegen.

Ich sehe sie stirnrunzelnd an.

„Na, jetzt mach schon, bevor sie wieder zurückkommt!“

Die Oma deutet mit ihrem Kinn zur Küchentür, durch die die Mama soeben verschwunden ist.

Morgen früh muss ich wieder in die Arbeit, denn dann ist das Wochenende vorbei. Hoffentlich brummt mir da nicht der Schädel, wenn ich so viel Jägermeister trinke. Sobald wir die leeren Gläser zurück auf den Tisch stellen, geht auch schon das Licht an.

Die Oma ergreift schnell die Jägermeisterflasche und füllt die zwei Gläser, so dass es aussieht, als hätten wir mit dem Trinken auf Mama gewartet.

Sobald ich das Glas wieder geleert habe, gehe ich ins Bett, sonst habe ich morgen einen Kater.

2. Kapitel

9. August, morgens halb acht in Oberhunding

Als ich die Augen öffne und einen Blick auf meinen Wecker werfe, schrecke ich hoch.

„Verdammt, ich habe verschlafen!“, brumme ich schlaftrunken und ignoriere den unterschwelligen Schmerz in meinem Kopf, dem ich den Jägermeister zu verdanken habe.

Trotzdem springe ich wie eine Gazelle aus dem Bett. Na ja, vielleicht nicht unbedingt wie eine Gazelle, sondern vielmehr wie ein Faultier. Aber egal, zumindest ist der Kater nicht so ausgeprägt, dass ich nicht aus dem Bett komme.

Ich verstehe sowieso nicht, wieso ich überhaupt so benebelt bin. Immerhin waren es gestern gerade mal vier Jägermeister. Oder vielleicht doch fünf?

Im Bad angekommen, bescheinigt mir mein Spiegelbild, dass ich definitiv nicht so viel Alkohol trinken sollte. Es lag sicher nicht nur an der Menge der Schnäpse, sondern die Gläser waren einfach viel zu groß. In Mamas Schnapsgläser passt nämlich bestimmt die doppelte Menge Flüssigkeit und weil die Oma die Gläser immer bis zum Rand vollmacht, habe ich statt vier oder fünf Schnäpsen vermutlich fast doppelt so viele intus.

Außerdem ist der Geschmack in meinem Mund grauenhaft. Ich mag eigentlich gar keinen Jägermeister. Genau genommen mag ich gar keinen Schnaps und dennoch habe ich wieder mitgetrunken.

Ich frage mich wirklich wie meine Oma das so wegsteckt. Vermutlich liegt es an der jahrelangen Übung.

„Franzi, der Sebastian ist da!“, höre ich plötzlich Mamas Stimme von unten rufen.

Warum zum Teufel hört sie sich so frisch und munter an?

Das kann doch nicht nur der eine Schnaps gewesen sein, den wir getrunken habe, als sie im Keller war. Vielleicht muss ich mir ja langsam um den Alkoholkonsum meiner Familie Gedanken machen.

Aber momentmal, hat meine Mama gerade gesagt, dass mein Kollege da ist?

Ich stürme aus dem Badezimmer und beuge mich über das Treppengeländer nach unten. Tatsächlich steht da Sebastian mit meiner Mama inmitten des Hauseingangs. Er sieht zu mir hoch und als sich seine Mundwinkel zu einem breiten Grinsen heben, wird mir bewusst, dass es mein Anblick ist, der ihn so sehr belustigt.

Kein Wunder, meine Haare stehen mir wild zu Berge, in meinem Gesicht sieht man noch den Kissenabdruck und ich trage lediglich mein langes Schlafshirt mit Snoopyaufdruck.

„Guten Morgen“, ruft er mir amüsiert zu.

„Was machst du denn hier?“, entgegne ich aufgebracht.

„Wir haben eine Leiche und da du nicht ans Handy gegangen bist, habe ich beschlossen dich abzuholen.“

Ich kneife meine Augen zusammen. Das verdammte Handy habe ich gestern bestimmt in der Küche liegenlassen und da der Akku schon gegen Abend sehr schwach war, hat es sich wohl über Nacht ausgeschaltet. Verdammt, es ist echt peinlich, dass Sebastian mich jetzt so sieht.

„Ich brauche noch ein bisschen“, gebe ich schließlich zu, was ich mir wohl hätte sparen können, denn das ist bei meinem Anblick offensichtlich.

„Hast du schon gefrühstückt?“, fragt meine Mama ihn.

„Nein, das wollte ich eigentlich im Büro machen, aber dann kam der Anruf“, entgegnet er.

„Na dann komm mal mit. Du musst ja am Verhungern sein.“

Sebastian zwinkert mir frech zu, bevor er sich abwendet und meiner Mama in die Küche folgt. Während er sich den Bauch vollschlägt, kann ich mich in Ruhe ansehnlich machen. Zuerst springe ich in die Dusche, putze mir die Zähne und flitze anschließend ins Schlafzimmer, um mich in meine Klamotten zu werfen.

Als ich über die Treppe nach unten gehe, höre ich meine Mama und die Oma ausgelassen mit Sebastian scherzen. Man könnte meinen er gehört längst zur

Familie. Als ich die Küche betrete und mich zu ihnen an den Tisch setze, mustert Sebastian mich schmunzelnd.

„Warum hast du mich denn nicht geweckt, Mama?“, frage ich sie mit leichtem Vorwurf in der Stimme.

„Entschuldige bitte, aber bin ich denn dein Kindermädchen? Ich dachte du hättest vielleicht heute frei, als du nicht aufgestanden bist. Du musst es mir schon sagen, wenn ich den Weckdienst für dich machen soll“, entgegnet sie tadelnd.

„Du solltest dich beim Alkohol etwas zurückhalten, wenn du am nächsten Tag arbeiten musst“, frotzelt Sebastian.

Woher weiß er das schon wieder?

Meine weiblichen Familienmitglieder sind definitiv Tratschtanten.

Ich werfe Sebastian einen vernichtenden Blick zu, bevor ich mich neben ihn setze und mir eine Scheibe Brot mit Butter und Honig beschmiere. Sebastian ist natürlich längst mit dem Frühstück fertig und es würde mich nicht überraschen, wenn er jeden Moment aufspringen würde, um aufzubrechen.

„Wir sollten langsam wirklich los. Die warten auf uns“, sagt er tadelnd, gerade als ich den ersten Bissen nehme.

„Auf die fünf Minuten wird's jetzt auch nicht mehr ankommen“, entgegne ich kauend und spüle mit einem großen Schluck Kaffee nach. „Was haben wir denn für einen neuen Fall?“

„Am Donauufer in der Nähe von Passau wurde eine Leiche angespült“, entgegnet er.

Ich lasse mich von ihm nicht mehr hetzen und die Leiche wird uns bestimmt nicht weglaufen. Die kann auch noch fünf Minuten länger warten. Hoffentlich handelt es sich nicht um eine Wasserleiche, die schon einige Zeit im Wasser treibt. Alleine beim Gedanken daran vergeht mir beinahe der Appetit. Wasserleichen sind wahrlich kein schöner Anblick, vom Geruch ganz zu schweigen.

„Jetzt aber los!“, brummt er und springt auf, sobald ich den letzten Rest meines Honigbrotes in den Mund schiebe.

Ich leere noch schnell meine Kaffeetasse, bevor ich aufspringe und ihm nach draußen folge.

„Wartet!“, ruft die Mama uns hinterher. „Ich habe euch noch etwas für die Mittagspause eingepackt.

„Mama, es ist Hochsommer. Das wird uns bis Mittag ja schlecht“, entgegne ich tadelnd.

„Ich habe es extra in eine Kühltasche gepackt und außerdem sind es Salamibrote, die halten sich“, erwidert sie tadelnd.

Sie hält mir eine dunkelblaue kleine Kühltasche entgegen und als ich sie annehme, frage ich mich, ob sie da Steine reingepackt hat. Für so eine kleine Tasche ist sie verdammt schwer!

„Hast du Salamibrote für das ganze Revier geschmiert?“, frage ich mit hochgezogenen Brauen.

„Ich habe noch ein bisschen was Gesundes reingepackt und noch eine kleine Nachspeise“, grinst sie und sieht dabei Sebastian an. „Ach, und zwei Flaschen Wasser sind auch drin. Man soll ja schließlich viel trinken, wenn es so heiß ist.“

„Gut, dass deine Mama so auf uns schaut“, schleimt Sebastian mal wieder. „Ich habe heute meine Wasserflasche glatt zu Hause vergessen.“

„Ja und kaufen können wir uns natürlich keine“, entgegne ich sarkastisch. „Immerhin haben wir Montag und da haben alle Läden zu.“

Sebastian schmunzelt, während meine Mama die Augen verdreht und sich kopfschüttelnd zu ihm beugt.

„Wenn sie zu viel getrunken hat, ist sie am nächsten Tag immer schlecht gelaunt“, flüstert sie ihm zu, wobei dieses Flüstern so laut ist, dass ich es klar und deutlich verstehen kann, was natürlich von meiner Mama so gewollt war.

„Ich bin nicht schlecht gelaunt!“, rufe ich vorwurfsvoll.

„Na, das sehe ich ja“, entgegnet meine Mama, als ich die hintere Autotür ins Schloss werfe, nachdem ich die Kühltasche hinter dem Sitz verstaut habe.

„Können wir jetzt endlich?“, frage ich ungeduldig.

Gut, dass Sebastian mich abgeholt hat, ich bin nämlich nicht sicher, ob mein Blutalkoholspiegel schon wieder so weit im grünen Bereich wäre, um ein Auto zu fahren.

3. Kapitel

9. August, morgens halb neun am Donauufer Nähe Passau

„Verdammt, ich hätte nicht frühstücken sollen“, murmle ich angespannt.

Eine Leiche so früh am Morgen ist nichts für meinen empfindlichen Magen. Der Jägermeister von gestern Abend ist dabei nicht gerade hilfreich. Außerdem hätte ich mein Frühstück nicht so hinunterschlingen sollen. Jetzt stehe ich da und schaue auf eine Frau mittleren Alters, die völlig durchnässt und tot am Boden liegt.

„Weißt du schon, wie sie gestorben ist?“, fragt Sebastian Manuela, die neben der Leiche am Boden kniet.

„Vermutlich ertrunken. Die Tote weist keine äußerlichen Verletzungen auf“, entgegnet sie und mustert mich dabei stirnrunzelnd.

„Seit wann bist du denn so empfindlich, was den Anblick von Leichen angeht?“, fragt sie mich.

„Das liegt vermutlich am Kater“, antwortet Sebastian an meiner Stelle.

„Du trinkst mitten unter der Woche?“, hakt Manuela vorwurfsvoll nach.

„Gestern war Sonntag, das ist nicht mitten unter der Woche. Und außerdem habe ich gar keinen Kater“, verteidige ich mich.

„Siehst aber schon ein bisschen so aus. Deine Augenringe deuten darauf hin. Du solltest viel trinken, um den Alkohol schneller aus deinem Körper zu spülen. Erst recht, wenn es so heiß wird, wie heute.“

Manuela spielt also die Arztkarte und ich kann nichts weiter tun, als die Wasserflasche, die mir genau in diesem Moment Sebastian mit einem Grinsen unter die Nase hält, entgegen zu nehmen. Um weiteren Frotzeleien zu entgehen, öffne ich die Flasche und nehme einen großen Schluck daraus.

„Können wir uns jetzt um den Fall kümmern und meine Befindlichkeiten außer Acht lassen?“, frage ich hörbar genervt.

„So wie es aussieht liegt der Todeszeitpunkt nur ein paar Stunden zurück, vermutlich gestern Abend. Die genaue Todeszeit kann ich erst sagen, wenn ich sie genauer untersucht habe“, erklärt Manuela.

„Ob sie aufgrund des Unwetters ertrunken ist?“, frage ich geistesabwesend.

Ich schätze die Frau auf Ende fünfzig, Anfang sechzig. Sie hat dunkles Haar, das vermutlich gefärbt ist, denn man kann den grauen Ansatz erkennen. Da sie rot geblümt, halbhohe Gummistiefel und eine rote Regenjacke trägt, wäre es gut möglich, dass sie beim Spaziergang vom Unwetter überrascht wurde.

„Wissen wir schon wer die Frau ist?", fragt Sebastian nach.

„Nein, sie hatte weder Handy noch Geldbörse bei sich. Allerdings passt die Beschreibung auf eine Frau, die von ihrem Mann heute Morgen als vermisst gemeldet wurde", entgegnet ein Kollege, der gerade Fotos vom Tatort macht. „Sobald wir die Leiche in die Gerichtsmedizin gebracht haben, informieren wir den Mann, dass er vorbeikommt und die Identität gegebenenfalls bestätigen soll."

„Seit wann vermisst er denn seine Frau?", frage ich nach.

„Sie hat offenbar gestern Abend kurz vor dem Unwetter das Haus verlassen und ist dann nicht mehr zurückgekommen", antwortet der Kollege.

„Dann könnte sie tatsächlich dem Unwetter zum Opfer gefallen sein", murmle ich. „Vielleicht konnte sie nicht schwimmen und ist in die Donau gefallen."

„Selbst wenn sie schwimmen konnte, ist sie vielleicht ertrunken", wirft Sebastian ein.

„Wenn man schwimmen kann, kann man doch nicht ertrinken", erwidere ich.

„Wenn man bewusstlos ist schon", verbessert mich Mister siebengescheit. „Vielleicht wurde sie ja von einem herabbrechenden Ast oder dergleichen getroffen und hat das Bewusstsein verloren."

„Dann hätte ich eine Kopfwunde finden müssen", entgegnet Manuela und ich freue mich, dass Sebastian ausnahmsweise mal nicht Recht bekommt.

„Allerdings kann auch ein guter Schwimmer ertrinken, wenn das Unwetter aus der Donau einen reißenden Fluss gemacht hat. Meist gelingt es den Opfern noch, sich eine Weile über Wasser zu halten, doch wenn die Kraft schwindet, helfen auch die Schwimmkünste nicht mehr."

Und schon ist meine Hoffnung, dass Sebastian mit seinem Einwand falsch lag, zunichte gemacht. Selbstgefällig grinst er mich an. War ja klar, dass er nun wieder seine überhebliche Seite zeigt.

„Da willst du einfach nur ein bisschen spazieren gehen und dann überlebst du das Ganze nicht", murmle ich ungläubig.

„Das Schicksal ist manchmal ziemlich heimtückisch", stimmt Manuela mir zu.

„Allerdings war ja das Unwetter vorausgesagt. Da geht man doch nicht spazieren", wirft Sebastian in seiner besserwisserischen Art ein.

„Vielleicht hat sie unterschätzt wie schnell sich das Wetter ändern kann", sagt Manuela schulterzuckend.

„Zumindest haben wir keinen Mordfall aufzuklären, da es ein Unfall war", stellt Sebastian fest.

„Abschließend kann ich das erst nach der kompletten Untersuchung sagen, aber im Moment deutet alles darauf hin", stimmt Manuela ihm zu.

„Dann warten wir mal ab, ob es sich bei unserer Leiche um die vermisste Frau handelt", schlägt Sebastian vor.

Während Manuela und zwei Kollegen die Leiche zum Abtransport fertigmachen, unterhalten wir uns noch kurz mit der Spusi, ob etwas Auffälliges gefunden wurde.

„Nichts, was mit dem Opfer in Verbindung zu bringen sein könnte. Allerdings wäre es auch äußerst unwahrscheinlich, dass ein Handy oder sonstiges, was sie bei sich getragen haben könnte, ausgerechnet hier angespült worden wäre“, sagt die junge Kollegin.

„Tja, sollte sie beim Sturz etwas verloren haben, dann liegt das nun sicherlich irgendwo auf dem Grund der Donau“, stimme ich ihr zu.

Eigentlich ist der Fall ja schon klar und wenn es ein Unfall war, dann brauchen wir auch gar nicht mehr lange nach Hinweisen auf einen Mord zu suchen, aber irgendwie habe ich das schon so intus. Oder es ist ein unterschwelliges Bauchgefühl, dass dieser Fall nicht so schnell aufgeklärt ist, wie wir uns das gerade denken.

„Dann sind wir hier fertig. Lass uns aufs Revier fahren!“

Sebastian verabschiedet sich von den Kollegen und ich folge ihm zum Auto. Wenn wir Glück haben wird es eine ruhige Woche, vorausgesetzt es schneit uns nicht noch irgendeinen Mord rein.

„Ich freue mich schon auf die Salamibrote“, sagt Sebastian, als wir im Wagen sitzen.

Ich sehe ihn ungläubig an.

„Du hast vor gerade mal einer Stunde gefrühstückt", entgegne ich vorwurfsvoll.

„Ich sage ja auch nicht, dass ich die jetzt gleich esse. Ich freue mich eben schon auf später, wenn ich sie esse", erwidert er mit einem Schnalzen der Zunge und verdreht dabei die Augen.

„Wenn wir sie essen", verbessere ich ihn und betone dabei das wir ganz besonders.

„Du hast doch gerade erst ein riesiges Honigbrot gegessen. Bei deiner Größe müsste das doch bis zum Mittagessen reichen", entgegnet er schmunzelnd.

„Ich habe ja vor, die Salamibrote mittags zu essen."

„Ob bis dahin noch welche da sind, kann ich nicht versprechen", sagt er gelassen und sieht dabei grinsend auf die Straße, während ich ihm einen tadelnden Seitenblick zuwerfe, den er geflissentlich ignoriert.

4. Kapitel

9. August, vormittags halb elf in Passau

Ich nehme den Hörer ab, als das Telefon klingelt.

„Hallo Manuela“, begrüße ich sie.

„Der Mann für die Identifizierung ist gleich da, wollt ihr auch dabei sein?“, fragt sie.

„Ja, wir kommen gleich zu dir. Konntest du das Opfer schon genauer untersuchen?“

„Sie ist definitiv ertrunken. In ihren Lungen war Wasser. Ich bin aber noch nicht ganz fertig mit der Untersuchung. Sobald der Mann seine Frau identifiziert hat, mache ich weiter“, entgegnet sie.

„Dann bis gleich!“

Ich nicke Sebastian zu, als ich den Hörer wieder auflege. Ohne dass ich ihn auffordern muss, erhebt er sich, um mir zur Gerichtsmedizin zu folgen. Manchmal kann er ja richtig brav und folgsam sein.

Als wir bei Manuela ankommen ist der Mann bereits vor Ort. Er steht an der Metallliege und fängt an zu schluchzen.

„Ja, das ist meine Frau.“

Manuela bedeckt die Leiche wieder mit einem Tuch, als der Mann sich mit den Händen vor dem Gesicht abwendet. Er weint bitterlich. Offensichtlich hat er seine Frau sehr geliebt. Es muss schrecklich sein, sie so zu sehen.

„Das ist Herr Laumer, er ist der Ehemann des Opfers“, informiert uns Manuela.

Herr Laumer nimmt seine Hände vom Gesicht und sieht uns bedrückt an.

„Entschuldigen Sie, aber das ist so schrecklich für mich“, versucht er seine Trauer zu erklären.

„Dafür müssen Sie sich doch nicht entschuldigen“, erwidere ich. „Es ist sehr wichtig zu trauern und die Gefühle zuzulassen.“

Ich lege ihm meine Hand auf die Schulter, um ihm etwas Trost zu spenden. Tatsächlich scheint er sich langsam zu beruhigen und ich dirigiere ihn aus dem Raum, in dem sich die Leiche seiner Frau befindet.

„Kommen Sie mit in unser Büro. Wie wäre es mit einer Tasse Kaffee?“, frage ich ihn.

Er nickt zögerlich, lässt sich dann aber von mir aus der Gerichtsmedizin führen. Ich winke Manuela noch kurz zu, bevor wir uns auf den Weg in unser Büro machen. Sebastian folgt uns unauffällig und ist geistesgegenwärtig genug, um gleich einen Becher Kaffee mitzunehmen, als wir am Automaten vorbeikommen.

Ich schiebe Herrn Laumer den Stuhl zurecht und er lässt sich ermattet darauf nieder. Ich schätze den Mann auf gute sechzig Jahre, wobei ihn die Trauer sicherlich etwas älter wirken lässt.

Sebastian stellt den Kaffeebecher vor ihm ab und er schließt seine Hände darum, als wolle er sich daran aufwärmen. Dabei haben wir Hochsommer und es ist brütend heiß.

„Herr Laumer, fühlen Sie sich in der Lage uns ein paar Fragen zu beantworten?“, frage ich ihn nach einer Weile des Schweigens.

Er nickt knapp und nimmt einen Schluck vom Kaffee. Ich wechsle mit Sebastian einen Blick, bevor er sich kurz räuspert und zu seiner ersten Frage ansetzt.

„Wann genau hat Ihre Frau gestern das Haus verlassen?“, frage ich ihn.

„Das war so gegen siebzehn Uhr“, antwortet er nachdenklich.

„Wie war da das Wetter?“, hake ich nach.

„Etwas bewölkt und es hat leicht geregnet. Aber das Unwetter war erst für den Abend vorhergesagt. Bis dahin wollte sie eigentlich wieder zurück sein.“

„Haben Sie versucht, sie telefonisch zu erreichen?“, fragt Sebastian.

„Nein, sie hatte ihr Handy zu Hause gelassen. Aber als das Unwetter anfing und von meiner Frau jede Spur fehlte, setzte ich mich ins Auto und fuhr alle möglichen Straßen ab, die sie hätte nehmen können“, entgegnet er und erneut wird er von einem Schluchzen geschüttelt.

„Als sie Ihre Frau nicht gefunden haben, meldeten Sie sie als vermisst?“, frage ich nach.

„Ja, aber der Polizist meinte, dass die meisten Vermissten nach ein paar Stunden wieder von selbst auftauchen würden. Er hatte vermutet, dass sie sich vielleicht irgendwo Schutz gesucht hat und dort die Nacht verbringen würde“, antwortet der Mann mir.

„Wie es aussieht hat Ihre Frau das Unwetter unterschätzt und ist in die Donau gestürzt“, sagt Sebastian.

„Eigentlich war sie immer ein sehr vorsichtiger Mensch“, murmelt er nachdenklich.

„War Ihre Frau vielleicht krank?“, frage ich vorsichtig.

„Nein, nicht das ich wüsste“, entgegnet er kopfschüttelnd und sieht mich fragend an.

Plötzlich scheint er meine Gedankengänge zu verstehen.

„Sie glauben doch nicht, dass sie sich selbst etwas angetan hat?“, fragt er entsetzt.

„Das ist gar nicht so selten wie Sie glauben“, antworte ich entschuldigend.

„Nein, das hätte meine Frau nie getan“, erwidert er entschlossen. „Sie hätte bis zum Schluss gekämpft und sich an jeden Funken Hoffnung geklammert. Außerdem hätte sie mir sicher erzählt, wenn sie eine schlimme Diagnose erhalten hätte.“

Er nimmt einen Schluck aus seinem Becher und presst anschließend verzweifelt seine Lippen aufeinander.

„Brauchen Sie psychologische Unterstützung?“, frage ich ihn, bevor wir das Gespräch beenden und den Mann nach Hause schicken.

Mir ist nicht so wohl dabei, da man oft nicht einschätzen kann, wie trauernde Angehörige reagieren. Manche kommen mit dem Verlust gar nicht zurecht und bringen sich noch selbst in Gefahr. Ob dies bei Herrn Laumer zu befürchten ist, kann ich allerdings nicht einschätzen.

„Nein, es geht schon. Mein Sohn wartet zu Hause auf mich“, entgegnet er mit hängenden Schultern, als er aufsteht.

Während wir uns verabschieden, öffne ich ihm die Tür und sehe ihm noch eine Weile nach, während er den Flur entlang schlurft. Der arme Mann hat durch einen so schrecklichen Unfall seine Frau verloren. Alles nur wegen eines Unwetters.

Vielleicht hat meine Mama doch nicht so unrecht mit ihrer Angst vor Gewittern. Offensichtlich war die Frau ganz und gar nicht ängstlich, oder sie wurde tatsächlich von dem plötzlichen Wetterumschwung überrascht.

Allerdings wurde den ganzen Tag über im Radio vor den Unwettern gewarnt und sie war ja auch dementsprechend angezogen. Nicht umsonst trug sie Gummistiefel und eine Regenjacke. Vielleicht hatte sie die Situation auch einfach nur falsch eingeschätzt.

Als ich die Bürotür wieder schließe und mich auf meinen Stuhl setze, sieht Sebastian mich nachdenklich an.

„Ist doch schon irgendwie komisch, dass eine eher vorsichtige und umsichtige Frau sich bei einer Unwetterwarnung in der Nähe der Donau aufhält und dann auch noch reinstürzt“, murmelt er nachdenklich.

„Denkst du es war gar kein Unfall?“, hake ich nach.

Er zuckt die Schultern.

„Vielleicht wurde sie ja absichtlich ins Wasser gestoßen.“

„Du meinst es war Mord?“, rufe ich misstrauisch.

„Vielleicht hatte sie auch nur mit jemandem Streit und der hat sie geschubst.“

„Bei einem Gewitter?“, frage ich zweifelnd.

„Was weiß ich?“, ruft er und wirft die Hände in die Luft. „War ja nur so eine Idee.“

„Zumindest war es nicht ihr Ehemann. Seine Trauer war aufrichtig“, sage ich entschlossen.

„Ja, den Eindruck hatte ich auch“, stimmt Sebastian mir umgehend zu.

5. Kapitel

9. August, nachmittags halb zwei in Passau

„Du hast neue Erkenntnisse?“, frage ich Manuela, als wir ihr Büro betreten.

Sie hat uns zu sich bestellt, vermutlich weil sie mit ihrer Untersuchung der Leiche fertig ist.

„Ja, die habe ich. Jemand wollte uns hier Glauben machen, dass die Frau in der Donau ertrunken ist. Aber das ist sie nicht“, eröffnet sie, während sie sich gelassen in ihrem Stuhl zurücklehnt und die Arme vor der Brust verschränkt.

„Ist sie nicht?“, fragt Sebastian stirnrunzelnd.

Manuela schüttelt den Kopf.

„In ihren Lungen befand sich kein Donauwasser, sondern normales Trinkwasser mit einem Badezusatz.“

Wir starren Manuela ungläubig an.

„Soll das heißen, sie ist in der Badewanne ertrunken?“, frage ich entsetzt.

„Genau das“, stimmt sie nickend zu.

„Da konnte es aber nicht am Unwetter oder fehlenden Schwimmkünsten liegen“, murmelt Sebastian.

„Nein, die Frau wurde vermutlich gewaltsam unter Wasser gedrückt. Bei genauerer Untersuchung konnte ich an ihrem Kopf unter den Haaren Hämatome feststellen, die zu Handabdrücken passen."

„Dann war es Mord", stelle ich erschrocken fest.

„Ja, das war es!", nickt Manuela.

Das ändert natürlich alles!

„Dann haben wir es vielleicht gar nicht mit einem trauernden Ehemann zu tun, sondern mit einem Mörder", sagt Sebastian.

„Das kann ich mir wirklich nicht vorstellen. Ihr habt doch gesehen, wie fertig der arme Mann war", erwidere ich.

„Das war vielleicht nur gespielt", wirft Sebastian ein.

„Wer auch immer es war", sagt Manuela nach einer Weile. „Die Frau wurde definitiv umgebracht."

„Dann wurde also aus einem tragischen Unfall im Handumdrehen ein Mordfall", murmle ich seufzend.

Das wars dann wohl mit der entspannten Arbeitswoche. Jetzt heißt es wieder auf Täterjagd gehen und auch wenn ich es nur ungern zugebe, ist der Ehemann des Opfers im Moment unser Hauptverdächtiger.

Vielleicht hatte er ja schon lange vor seine Frau umzubringen und hat das Unwetter als Vorwand genutzt. Dabei hatte er sicher keine Ahnung, dass es für die Gerichtsmedizin leicht nachweisbar ist, welches Wasser in den Lungen für den Tod verantwortlich ist.

Es wäre möglich, dass der Mann sie in der Badewanne ertränkte, sie anschließend anzog und in die Donau warf, um seine Tat zu verschleiern und es wie einen schrecklichen Unfall aussehen zu lassen.

Allerdings gehört dazu schon eine mächtige Portion kriminelle Energie, die ich dem Herrn Laumer definitiv nicht zugetraut hätte. Er wirkte ehrlich betroffen und nichts an seiner Mimik deutete auf eine große Lüge hin.

Vielleicht habe ich auch einfach nur meinen Polizeisinn verloren.

„Dann fahren wir zu dem Laumer und stellen ihn zur Rede“, schlägt Sebastian vor.

„Wir sollten auch gleich die Badezusätze untersuchen, die er im Badzimmer hat“, wirft Manuela ein.

„Wenn wir fündig werden ist der Fall ziemlich schnell geklärt“, stimmt Sebastian zu.

„Und wenn nicht, beginnt unsere Arbeit erst“, entgegne ich nachdenklich, denn ich bin mir ziemlich sicher, dass genau das eintreffen wird.

Der Mann hat seine Frau nicht umgebracht, das traue ich dem Kerl einfach nicht zu. Er wirkte wie ein trauernder Witwer, der seine Ehefrau aufrichtig geliebt hat. Nicht wie jemand, der nur so tut und in Wirklichkeit seine Frau umgebracht hat.

Wir verabschieden uns von Manuela und machen uns auf den Weg zu Herrn Laumer. Mal sehen wie er reagieren wird, wenn wir bei ihm auftauchen, wo er doch gerade noch bei uns im Revier gesessen hat. Geschweige erst dann, wenn wir ihn darüber informieren, dass seine Frau nicht Opfer eines Unfalls, sondern eines Mordes wurde.

Wenn wir dann noch in den Raum stellen, dass wir ihn verdächtigen, wird er uns vermutlich zum Teufel jagen. Würde ich auch tun, wenn mir jemand unterstellen würde, dass ich meinen Ehepartner umgebracht habe und ihn anschließend in die Donau geworfen hätte. Vor allem, wenn das absolut nicht der Wahrheit entspricht.

Sebastian parkt den Wagen in der Einfahrt der Laumers. Wir stehen vor einem älteren Einfamilienhaus, dessen Vorgarten sehr gepflegt ist. Vermutlich hat sich die Frau darum gekümmert. Auch das Haus ist gut in Schuss. Die Fenster sind geputzt und alles wirkt sehr aufgeräumt und liebevoll dekoriert.

Ich drücke den Klingelknopf und es dauert nicht lange, bis Herr Laumer uns die Tür öffnet. Er wirkt überrascht und seine geröteten Augen weiten sich. Es ist offensichtlich, dass er heute sehr viele Tränen vergossen hat. Auch ein Beweis seiner Unschuld, denn wenn er sie umgebracht hätte, müsste er die Maske des trauernden Witwers nicht mehr aufrechterhalten, sobald er alleine zu Hause ist.

„Herr Laumer, es tut uns leid Sie schon wieder zu belästigen aber es gibt neue Erkenntnisse, die wir mit

Ihnen besprechen müssen“, sage ich so einfühlsam wie möglich.

„Kommen Sie rein“, entgegnet er und geht voraus in seine Küche.

„Ist Ihr Sohn gar nicht da?“, hake ich nach, weil er doch im Revier erwähnte, dieser würde ihn erwarten.

„Der regelt gerade alles für die Beerdigung. Ich bin dazu nicht in der Lage“, sagt er niedergeschlagen.

In der Küche bietet er uns etwas zu trinken an das wir jedoch höflich ablehnen. Er hat keine Ahnung weshalb wir hier sind und wenn er das gleich erfährt, wird ihm das ganz und gar nicht gefallen. Vermutlich sogar verletzen.

„Ihre Frau ist nicht in der Donau ertrunken“, sage ich schließlich zu ihm, als wir alle am Tisch sitzen.

Er sieht mich mit großen Augen ungläubig an. Dann wandert sein Blick zu Sebastian, als würde er von ihm erwarten, die Sache aufzuklären.

„Ihre Frau wurde vermutlich in einer Badewanne ertränkt. Wir haben in ihrer Lunge Trinkwasser mit Badezusätzen gefunden“, erklärt ihm Sebastian daraufhin.

Der Mund des Mannes klappt auf und er sieht uns entsetzt an. Das hier ist definitiv nicht gespielt, was meine Vermutung, dass der Mann unschuldig ist, bestärkt.

„Soll das heißen, meine Frau wurde umgebracht?“, fragt er nach einer Weile des nachdenklichen Schweigens.

„So wie es aussieht“, stimmt Sebastian nickend zu.

„Oh mein Gott“, rufe er ungläubig. „Aber wer hat sie denn umgebracht?“

„Das versuchen wir herauszufinden“, werfe ich ein.

„Sind Sie sicher, dass Ihre Frau das Haus verlassen hat?“, fragt Sebastian nicht gerade einfühlsam.

„Ja, natürlich“, antwortet er nickend und noch deutlich schockiert. Plötzlich runzelt er jedoch die Stirn und sieht zwischen Sebastian und mir nachdenklich hin und her. „Sie wollen doch hier nicht andeuten, dass ich meine Frau umgebracht habe?“

„Wir tun das natürlich nicht gerne“, entgegnet Sebastian zögerlich.

„Und wir unterstellen Ihnen auch nichts. Aber natürlich müssen wir in jede Richtung ermitteln, um den Mord an Ihrer Frau aufzuklären“, sage ich beschwichtigend. „Deshalb würden wir gerne Ihre Badezusätze untersuchen.“

„Ich fasse es nicht, dass Sie wirklich in Betracht ziehen, ich hätte meine Frau getötet“, ruft er kopfschüttelnd. „Aber bitte, das Badezimmer ist oben, zweite Türe rechts. Nehmen Sie was auch immer Sie brauchen.“

„Danke für Ihre Mithilfe“, sage ich einfühlsam.

„Meine Nachbarin kann übrigens bestätigen, dass meine Frau lebend das Haus verlassen hat. Sie hat sie gesehen.“

Ich wechsle mit Sebastian einen überraschten Blick.

„Wirklich?“, hake ich nach.

„Ja, ich war nach dem Gewitter bei all meinen Nachbarn, auf der Suche nach meiner Frau. Frau Heller hat mir bestätigt, dass sie sie zwar weggehen sah aber dann nicht mehr“, antwortet er.

6. Kapitel

9. August, abends halb fünf in der Nähe von Passau

Leider haben wir die Nachbarin Frau Heller nicht angetroffen. Die eingesammelten Badezusätze haben wir im Labor abgegeben, wo sie morgen untersucht werden. Ich hoffe wirklich, dass dadurch Herrn Laumers Unschuld bestärkt wird.

Wenn seine Nachbarin dann noch seine Geschichte bestätigt, ist er so gut wie entlastet.

„Dann fahre ich dich jetzt nach Hause“, bietet Sebastian mir an.

Ich stimme zu, denn der Tag heute war lange genug und die Ereignisse haben sich regelrecht überschlagen. Von einem vermeintlichen Unfall zu einem grausamen Mord waren es lediglich ein paar Stunden und jetzt heißt es für uns den Täter ausfindig zu machen.

Sebastian und ich sind uns einig, dass bei Herrn Laumer keine Fluchtgefahr besteht. Nicht nur, dass er nicht wie ein Mörder wirkt, schon gar nicht wie einer, der kaltblütig seine eigene Frau umbringt, er hat uns auch anstandslos sein Bad durchsuchen lassen.

Als wir bei mir zu Hause ankommen, bin ich Sebastian etwas schuldig, weil er heute für mich Taxi gespielt hat.

„Kommst du noch mit rein?“, frage ich ihn daher. „Meine Mama hat sicher was zu Essen für uns.“

„Na, da lasse ich mich doch nicht zweimal bitten. Außerdem muss ich mir noch euren Rasenmäher ansehen“, entgegnet er.

„Was ist denn mit unserem Rasenmährer?“, frage ich stirnrunzelnd, denn ich habe gar nicht mitbekommen, dass der kaputt ist.

„Der hat offensichtlich ein paar Startschwierigkeiten“, antwortet er.

„Und woher weißt du das?“, hake ich nach.

„Deine Mama hat mich angerufen und mich gebeten heute einen Blick drauf zu werfen, wenn ich dich nach Hause bringe.“

„Wann hat den meine Mama heute im Büro angerufen?“, frage ich irritiert.

Ich habe gar nicht mitbekommen, dass sie angerufen hat.

„Sie hat mich auf dem Handy angerufen.“

„Meine Mama ruft dich am Handy an?“

Ich bin mir nicht sicher, ob ich schockiert oder nur überrascht sein soll. Meine Mama ruft selbst mich nur sehr selten aufs Handy an. Da muss es schon fast einen Notfall geben. Dass sie überhaupt Sebastians Nummer hat, überrascht mich. Andererseits hat sie einen derartigen Narren an ihm gefressen, dass es mich nicht weiter wundern sollte.

„Ja, warum nicht?“, entgegnet er und legt dabei seine Stirn in Falten.

„Ach nur so“, entgegne ich schulterzuckend.

Sebastian öffnet die Wagentür und steigt aus, als bereits meine Mama aus der Tür kommt.

„Da seid ihr ja“, ruft sie sichtlich erfreut, was allerdings nicht mir gilt.

Sie strahlt eindeutig in Sebastians Richtung und geht auch gleich auf ihn zu. Sobald er in der Nähe ist, bin ich sowas von abgeschrieben. Ist es kindisch, dass ich ein kleines bisschen eifersüchtig bin?

„Habt Ihr Hunger?“, fragt sie natürlich als erstes.

„Ich kümmere mich zuerst um den Rasenmäher“, entgegnet Sebastian.

„Das ist nett von dir.“

Sie strahlt ihn mit einem breiten Lächeln an. Fehlt nur noch, dass sie ihm die Arme um den Hals schlingt und ihn abknutscht.

„Franzi zeigt dir wo er steht. Ich bereite derweil das Essen“, ruft sie, während sie sich abwendet und zum Haus eilt.

„Ach, werde ich das?“, murmle ich vor mich hin, so dass sie es nicht hören kann.

Sebastians breites Grinsen zeigt deutlich, dass er mein Gemurmel richtig deutet, auch wenn er es vermutlich akustisch nicht verstanden hat.

Ich deute ihm mit einem Kopfnicken an mir zu folgen. In der Scheune hinter dem Stall steht das alte Teil, welches die Mama immer nutzt, um die paar Quadratmeter Gras um das Haus herum kurz zu halten.

In anderen Haushalten ist das vielleicht Männerarbeit. Bei uns macht das ausschließlich die Mama. Nicht nur, weil es ihr sowieso keiner recht machen kann, sondern auch, weil mein Papa das für völlig unnötig hält. Würde es nach ihm gehen, dann würde er lediglich zweimal im Jahr mit der Sense durchgehen.

Auch mein Bruder sieht keinen größeren Zweck darin einen ansehnlichen Garten zu haben, weshalb die Mama solche Dinge immer selbst in die Hand nimmt. Lediglich beim Gemüsegarten geht ihr die Oma ab und an zur Hand.

Jeder in meiner Familie weiß, dass ich nicht mit einem grünen Daumen gesegnet bin, weshalb ich von solchen Arbeiten gänzlich verschont bleibe. Lediglich zum Unkraut zupfen werde ich manchmal eingesetzt und selbst dabei lässt die Mama mich nicht aus den Augen. Schließlich könnte ich ja ein falsches Pflänzchen ausreißen, nur weil ich keine Ahnung habe, dass es sich dabei nicht um Unkraut, sondern etwas Nützliches oder Essbares handelt.

In dieser Hinsicht bin ich vermutlich eine klare Enttäuschung für meine Eltern. Immerhin arbeiten sie beide in der Landwirtschaft und ich bin da so gar nicht zu gebrauchen.

Ich öffne die Scheune und deute auf den Rasenmäher, der schon einige Jahre auf dem Buckel hat.

„Da ist das gute Stück“, sage ich, während ich darauf zeige.

„Dann brauche ich nur noch den Werkzeugkoffer deines Vaters“, entgegnet er.

Es ist nicht das erste Mal, dass Sebastian bei meiner Mama etwas repariert. Auch den Trockner hat er wieder zum Laufen gebracht. Daher weiß er auch, dass die Bezeichnung Werkzeugkoffer etwas geschönt ist. Vielmehr handelt es sich dabei um eine Kiste, in der sämtliche Werkzeuge durcheinander liegen und man ewig braucht, bis man etwas findet.

„Der steht da hinten auf der Werkbank.“

Erneut deute ich in die jeweilige Richtung. Das schwere Teil soll er sich selber holen, denn der hat ein ganz schönes Gewicht. Kein Wunder, wenn man bedenkt, was Papa und der Michi da alles reinschmeißen.

Zuerst begutachtet er den Rasenmäher, versucht ihn zu starten, was nicht wirklich gelingt. Er gibt lediglich ein paar krächzende Laute von sich. Anschließend geht Sebastian zu Papas Werkbank und kramt in der Kiste, bevor er auch eine Sprühdose aus dem Regal nimmt.

Dann kommt er zurück und kniet sich auf den Boden. Dass dabei seine Hose schmutzig wird, scheint ihm nicht das Geringste auszumachen.

Er schraubt an dem Rasenmäher herum und baut Teile aus. Anschließend bläst er gegen das Ding in seiner Hand, bevor er zu der mitgebrachten Dose greift. Er benetzt das Teil in seiner Hand mit dem Doseninhalt, bevor er den Vorgang mit anderen Dingen wiederholt.

Anschließend baut er den Rasenmäher nach und nach wieder zusammen und ich wundere mich, dass ihm am Ende nicht eine Schraube übrigbleibt. Man merkt, dass er mit System vorgeht. Bei meinem Bruder ist das meist anders. Der wirft alles wild durch die Gegend und entweder fehlt zum Schluss ein Teil oder ihm bleibt was übrig.

Als Sebastian fertig ist, steht er auf und versucht erneut den Rasenmährer zu starten. Diesmal springt dieser umgehend an und ein lautes Motorgeräusch hallt durch die Scheune.

Er wirft mir einen triumphierenden Blick zu.

„Geht wieder!“

„Super“, entgegne ich und versuche dabei ziemlich desinteressiert zu wirken.

Dabei muss ich ja zugeben, dass er tatsächlich ein guter Handwerker ist. Natürlich werde ich das ihm gegenüber niemals zugeben.

„Dann können wir ja jetzt was essen“, sage ich, während er sich die Hose abklopft.

7. Kapitel

9. August, abends halb sieben in Niederhaibach

Wir sitzen am Tisch und warten auf Papa und Michi, damit wir endlich anfangen können zu essen. Es gibt einen warmen Leberkäse mit Kartoffelsalat. Das sind die Momente, die jeden Versuch der Gewichtsreduzierung zunichtemachen.

Aber natürlich kann ich nicht widerstehen, denn der Leberkäse riecht einfach köstlich. Unser Dorfmetzger hat es einfach drauf eine verdammt gute Wurst zu machen. Endlich sind auch Papa und Michi mit der Arbeit fertig und kommen zu uns in die Küche.

Die Mama schneidet etwa zweifingerdicke Scheiben ab und verteilt sie auf unsere Teller.

„Tu mir gleich zwei drauf", fordert Michi. „Ich habe einen Bärenhunger."

„Magst du auch zwei Scheiben?", fragt die Mama Sebastian und ignoriert Michi, der ihr fordernd seinen Teller entgegenhält.

Sie wirft ihm lediglich einen tadelnden Blick zu. Bei meiner Mama kommen die Gäste immer zuerst.

„Gerne", stimmt Sebastian zu, was sicherlich keinen am Tisch überrascht.

Erst nachdem die Mama Sebastians Teller aufgestockt hat, ist Michi an der Reihe. Auch der Papa bekommt zwei Scheiben, während sie der Oma nur eine auflädt.

„He, warum krieg ich nicht zwei?“, fragt diese daraufhin empört.

„Weil du nicht so fett essen sollst“, mahnt die Mama. „Von dem Kartoffelsalat kannst du essen, soviel du willst.“

„Den mag ich aber nicht!“, brummt sie schmollend.

„Der würde dir aber nicht schaden“, entgegnet die Mama.

Bockig wie ein kleines Kind, schneidet die Oma sich ein großes Stück von ihrer Scheibe Leberkäse ab und steckt es sich mit der Gabel in den Mund. Sie wiederholt es gleich nochmal ohne ein Stück Brot oder Kartoffelsalat dazu zu nehmen.

Mama stößt seufzend den Atem aus und schüttelt den Kopf. Obwohl sie genau weiß, wie unsere Oma tickt, versucht sie, sie immer wieder zu bevormunden. Dabei weiß jeder in der Familie wie stur die Oma ist und sie genau das Gegenteil von dem tut, was man von ihr erwartet.

Meine Oma wirft der Mama einen finsteren Blick zu und endlich gibt diese nach. Sie schneidet eine weitere Scheibe von dem Leberkäse ab, auch wenn diese dünner ist, als die anderen, und legt sie Oma auf den Teller.

Triumphierend heben sich deren Mundwinkel.

„Geht doch!“, sagt sie selbstzufrieden.

Als Friedensangebot ergreift die Oma die Schüssel mit dem Kartoffelsalat und gibt sich einen Löffel davon auf den Teller. Offensichtlich funktionieren so alle Beziehungen. Es ist eine Ansammlung von Kompromissen und jeder muss ein Stück nachgeben.

„Magst du auch an Senf?“, fragt Sebastian neben mir.

„Ja, danke!“

Heute ist er wieder mal ganz der Gentlemen. Er reicht mir nicht nur das Senfglas, sondern gibt mir sogar einen Löffel davon auf den Teller. Oma reicht den Kartoffelsalat an mich weiter und weil ich ein anständiger Mensch bin, frage ich auch Sebastian, ob er welchen haben möchte.

Als er zustimmt schaufle ich einen großen Löffel davon neben seinen Leberkäse. Nun ist sein Teller proppenvoll und quillt fast über. Anschließend gebe ich auch auf meinen Teller Kartoffelsalat. Bei mir ist das Verhältnis jedoch ein anderes, denn es überwiegt der Salat, was jedoch daran liegt, dass ich versuche zumindest ein bisschen auf meine Linie zu achten.

Als ich die Salatschüssel an meine Mama weiterreiche, grinst sie mich breit an. Ich runzle die Stirn, denn es dauert eine Weile, bis ich ihre Mimik verstehe. Ihr Blick wandert zu Sebastian und wieder zurück zu mir, wobei ihre Augen ein eindeutiges Glitzern annehmen. Mir wird klar, dass sie auf das harmonische Miteinander zwischen Sebastian und mir anspielt.

Vermutlich befindet sie sich wieder in ihrer Traumwelt und malt sich in ihrem Gehirn aus, wie aus Sebastian und mir ein Paar wird. Natürlich habe ich es längst aufgegeben, sie immer und immer wieder vom Gegenteil überzeugen zu wollen. Es ist einfach vergeudete Mühe, daher ignoriere ich ihr breites Grinsen und fange an zu essen.

„Du hast aber den Rasenmäher schnell wieder zum Laufen gebracht“, sagt mein Bruder mit vollem Mund. „Was hat den gefehlt?“

„Ich habe lediglich die Zündkerzen saubergemacht und ein bisschen Kontaktspray verteilt. Das wars schon.“

„Da seht ihr mal. Der Sebastian repariert mir das gleich. Bei euch beiden werde ich immer nur vertröstet“, sagt meine Mama vorwurfsvoll Richtung Papa und Michi.

„Ja mei, im Hochsommer haben wir schließlich Wichtigeres zu tun. Ich kann ja nicht den blöden Rasenmäher richten, wenn´s mir draußen das Heu abregnet“, knurrt der Papa.

„Ja, ja, du immer mit deinen Ausreden“, entgegnet die Mama.

Mein Papa hebt seinen finsteren Blick und für den Bruchteil einer Sekunde habe ich den Eindruck, als würde er sein Wort erneut gegen meine Mama erheben. Doch dann scheint er sich zu besinnen. Er widmet sich wieder seinem Leberkäs und schiebt sich ein großes Stück davon in den Mund. Offensichtlich hat er beschlossen, dass es die Auseinandersetzung nicht wert ist und er den Genuss des Essens vorzieht.

Nach dem Essen helfe ich der Mama beim Tisch abräumen und auch Sebastian steht auf, um uns zur Hand zu gehen. Wir greifen gleichzeitig nach einem Teller und für einen kurzen Moment berühren sich unsere Hände. Ich ziehe meine sofort zurück, nicht nur, weil die Berührung ungewohnt war, sondern auch, weil meine Mama dies mit Argusaugen beobachtet.

Sebastian sieht mich kurz an und hat dabei einen Ausdruck in den Augen, der mich etwas verwirrt. Was soll das jetzt?

Macht der Kerl hier etwa eine Show für meine Mama?

Wenn der jetzt anfängt meine Mama in ihrem irren Wahn, dass ich mit meinem Kollegen eine Beziehung führen könnte, auch noch befeuert, dann drehe ich ihm den Hals um. Ich bin nicht ganz sicher, wie ich seine Absichten deuten soll, doch da ich ihn lange genug kenne und weiß, dass er sich gerne mal ein Späßchen auf meine Kosten erlaubt, bin ich ziemlich sicher, dass dieses Schauspiel meiner Mama gilt.

Na warte Freundchen, was du kannst, kann ich auch.

„Ach Sebastian, sei so nett und hol mir mal den Lappen!“, fordere ich mit zuckersüßer Stimme.

„Natürlich Franzi“, entgegnet er grinsend und eilt zur Spüle.

Er hat also Lust ein kleines Spielchen zu spielen?

Wenn ich nicht wüsste, dass ich das wieder büßen muss, indem mir meine Mama damit in den Ohren liegen wird, wie gut wir uns doch als Paar machen, dann würde ich dem Kerl so schummrig spielen, dass ihm hieß und kalt gleichzeitig würde.

„Hier bitte, Franzi“, sagt Sebastian und hält mir den Lappen entgegen.

„Du kannst gleich den Tisch abwischen!“, fordere ich ihn frech auf, anstatt den Lappen von ihm entgegenzunehmen.

Ich nehme die Teller und wende mich ab, um sie in die Spülmaschine zu räumen.

„Also Franzi, du kannst doch nicht den Sebastian so rumkommandieren“, ruft die Mama aufgebracht.

„Mache ich doch gar nicht“, verteidige ich mich sofort. „Er hat sich doch selber angeboten.“

„Ich mach das doch gerne“, sagt Sebastian beschwichtigend und schenkt meiner Mama ein perfektes Zahnpastalächeln.

„Siehst du“, rufe ich ihr zu.

Meine Mama kommt kopfschüttelnd auf mich zu, während Sebastian fein säuberlich den Tisch abwischt.

„So wird das nie was mit euch beiden“, faucht sie mir leise zu.

Stöhnend stoße ich den Atem aus.

„Mama“, rufe ich vorwurfsvoll und auch ein bisschen resigniert.

Es ist wirklich zwecklos!

8. Kapitel

10. August, morgens halb acht in Passau

„Ja, guten Morgen. Du bist ja heute schon früh dran“, ruft Sebastian viel zu laut für meinen Geschmack, zumindest um diese Uhrzeit. „Dann können wir ja gleich los.“

„Darf ich erst noch ankommen und eine Tasse Kaffee trinken?“, frage ich stöhnend.

Er weiß, dass ich absolut kein Morgenmensch bin und ärgert mich immer wieder ausgiebig mit seinem morgendlichen Elan.

„Die kannst du später auch noch trinken.“

„Weißt du wie heiß es heute werden soll?“, frage ich vorwurfsvoll. „Später ist es zu heiß für Kaffee!“

„Dann trinkst du eben Eiskaffee“, schlägt er vor. „Jetzt komm schon, ich habe gerade mit der Nachbarin vom Laumer telefoniert. Sie ist noch etwa zwei Stunden zu Hause, dann hat sie einen Arzttermin.“

„Wenn sie noch zwei Stunden da ist, dann kann ich doch noch ruhig einen Kaffee trinken“, protestiere ich, doch Sebastian scheint mein Einwand überhaupt nicht zu interessieren.

Er umrundet unsere Schreibtische, ergreift meine Hand und zieht mich hoch. Überrascht sehe ich ihn an, anschließend wandert mein Blick zu unseren Händen. Meine verschwindet beinahe komplett in seiner, was daran liegt, dass er richtige Pranken im Vergleich zu mir hat.

Doch was mich viel mehr beschäftigt, ist dieser fast schon innige Körperkontakt, den Sebastian plötzlich an den Tag legt. Er hat noch nie meine Hand gehalten, so als wäre es das Normalste der Welt.

Während er mich hinter sich herzieht frage ich mich, was ich davon halten soll. Meine Haut kribbelt leicht und mir wird ziemlich schnell klar, dass ich etwas unternehmen muss, wenn ich nicht möchte, dass die Sache komisch wird.

Daher entreiße ich ihm meine Hand, woraufhin er sich nach mir umsieht.

„Ich komme ja schon mit“, brumme ich wenig begeistert, um die Situation wieder in die richtigen Bahnen zu leiten.

Er lächelt verschmitzt und für den Bruchteil einer Sekunde ist da etwas in seinen Augen das ich nur sehr schwer einordnen kann. War das etwa Freundlichkeit oder gar Zuneigung?

Oh Gott, langsam steigt mir die Hitze schon zu Kopf!

Vielleicht ist es an der Zeit meine Gedanken wieder auf den Fall zu konzentrieren und mich nicht von einer flüchtigen Berührung durcheinander bringen zu lassen.

„Warum bist du eigentlich so ungeduldig?“, frage ich vorwurfsvoll.

„Weil ich wissen will, ob der Ehemann lügt.“

„Der lügt nicht, das habe ich dir doch schon gesagt“, entgegne ich seufzend, während wir durch den Flur gehen.

„Sicher wissen wir es erst, wenn die Nachbarin seine Geschichte bestätigt.“

Ich rolle mit den Augen. Jetzt ist er wieder der Alte. Er stellt mein Bauchgefühl in Frage und unterstellt mir, dass ich mich vielleicht irre. Trotzdem ist er mir so definitiv lieber, als wenn er meine Hand hält.

Kurz darauf stehen wir vor der Tür von Frau Heller und noch bevor wir den Klingelknopf drücken, öffnet sich die Tür. Eine Dame in den Mittfünfzigern steht vor uns und hat uns offensichtlich schon erwartet.

„Da sind Sie ja, kommen Sie rein!“

In der Küche erwartet uns schon ein gedeckter Kaffeetisch und ein frisch duftender Marmorkuchen steht bereit. So wie es aussieht, bekomme ich doch noch meinen morgendlichen Kaffee und dieser wird auch noch mit einem Stück Kuchen gekrönt.

„Setzen Sie sich doch!“, bietet sie uns an, während sie bereits die Kaffeetassen füllt.

„Der Kuchen riecht ja köstlich“, schwärmt Sebastian, als Frau Heller ihn anschneidet.

„Er ist noch ein bisschen warm, weil ich ihn heute Morgen frisch gebacken habe“, entgegnet sie.

Ich bin fasziniert von Menschen, die schon in den frühen Morgenstunden so produktiv sein können. Die Frau muss ja mit dem Backen angefangen haben, als ich noch tief und fest geschlafen habe.

„Vielen Dank“, sage ich und nehme den Kuchenteller entgegen.

Mein Magen knurrt, weil ich heute mal wieder keine Zeit mehr fürs Frühstück hatte. Daher lasse ich mich nicht lange bitten und koste den Kuchen. Er schmeckt wirklich köstlich und dass er noch ein bisschen warm ist, macht ihn noch leckerer. Ich liebe warme Kuchen oder rohen Kuchenteig. Von beidem wird einem abgeraten, weil man Bauchschmerzen bekommen kann. Allerdings bin ich der festen Meinung, dass dies nur Lügen sind, um kleine Kinder vom Naschen fernzuhalten.

„Der Kuchen schmeckt fantastisch“, sage ich bevor Sebastian mit seinen Lobeshymnen beginnen kann.

„Wirklich sehr lecker“, stimmt Sebastian mir zu.

„Das freut mich“, entgegnet Frau Heller.

„Weswegen wir eigentlich hier sind“, beginne ich, als ich den ersten Bissen hinuntergeschluckt habe. „Haben Sie gesehen, wie Frau Laumer am vergangenen Sonntag das Haus verlassen hat?“

„Ja, ich habe sogar noch mit ihr gesprochen“, erzählt sie umgehend. „Ich habe ihr noch gesagt, dass ein Unwetter bevorsteht und sie ihren Spaziergang vielleicht auf ein andermal verschieben sollte."

„Und was hat sie geantwortet?", hakt Sebastian nach.

„Sie meinte, dass sie noch bei einer Freundin vorbeigehen würde und wenn das Unwetter tatsächlich kommen würde, könnte sie bei ihr Unterschlupf finden oder ihren Mann anrufen, der sie abholen würde."

„Wissen Sie denn welche Freundin sie besuchen wollte?", frage ich nach.

„Nein, das hat sie nicht gesagt", antwortet sie kopfschüttelnd.

„Und sie haben nicht gesehen, dass sie wieder zurückkam?"

Bei meiner Frage schüttelt sie erneut den Kopf.

„Nein, aber bis zum Beginn des Unwetters kam sie nicht zurück, denn während dieser Zeit war ich im Garten und hätte sie sicherlich gesehen. Erst als es zu regnen begann, bin ich reingegangen."

„Welche Richtung hat sie denn eingeschlagen?"

Bei Sebastians Frage runzelt sie kurz die Stirn.

„Sie ging in Richtung Stadt."

Diese Informationen bestätigen zwar meine Vermutung, dass Herr Laumer unschuldig ist, nicht jedoch, wer als Täter in Frage kommen könnte. Immerhin haben wir keinen Hinweis, wen Frau Laumer besucht haben könnte. Herr Laumer hat nämlich keinen Besuch bei einer Freundin erwähnt.

Wir müssen ihm nochmal einen Besuch abstatten, und ihn explizit danach befragen. Vielleicht hat er es einfach vergessen zu erwähnen. Kein Wunder, wenn man bedenkt, was der arme Mann die letzten Tage durchmachen musste.

Aber erst lasse ich mir noch ein weiteres Stück Kuchen schmecken, das Frau Heller uns gerade anbietet. Wie könnte man bei so einer Leckerei schon nein sagen?

Natürlich ist auch Sebastian von einem Nachschlag keineswegs abgeneigt.

9. Kapitel

10. August, vormittags halb neun in Passau

Herr Laumer öffnet die Tür und auch wenn seine Augen nicht mehr so stark gerötet sind wie beim letzten Besuch, erkennt man doch noch deutlich seine tiefe Trauer.

„Ich habe Ihnen doch schon alles gesagt, was ich weiß. Oder sind Sie hier, um mich zu verhaften, weil Sie mir tatsächlich zutrauen, dass ich meine Frau getötet habe?“, fragt er sichtlich niedergeschlagen.

„Nein, deswegen sind wir nicht hier. Ihre Nachbarin hat bestätigt, dass Ihre Frau das Haus vor dem Gewitter verlassen hat. Außerdem hat sie gesagt, dass Ihre Frau noch eine Freundin besuchen wollte. Wissen Sie denn welche Freundin das war?“, frage ich den armen Mann, der schrecklich zerbrechlich wirkt.

„Sie hat nichts von einer Freundin erzählt. Meine Frau machte etwa zweimal die Woche ausgiebige Spaziergänge von ein bis zwei Stunden. Sie war sehr sportlich, ganz im Gegensatz zu mir. Aber, dass sie dabei eine Freundin besucht hätte, davon hat sie nie was erzählt“, entgegnet er stirnrunzelnd.

Langsam aber sicher wird der Fall mysteriös. Warum sollte das Opfer der Nachbarin von einer

Freundin erzählen, die sie besuchen wollte und den eigenen Mann im Glauben lassen, dass sie lediglich alleine spazieren ging?

Vielleicht hatte ihr Mann ja was dagegen, dass sie sich mit ihren Freundinnen traf. Auch wenn Herr Laumer nicht den Eindruck erweckt, als hätte er seine Frau unter seiner Fuchtel gehabt, kann man das nie so genau wissen. Manche verstecken das nach außen ganz gut und zu Hause untersagen sie ihren Partnerinnen die Freiheiten.

„Hatte Ihre Frau denn gar keine Freundinnen mit denen sie sich regelmäßig traf?“, frage ich daher nach.

„Doch natürlich. Jeden Freitagvormittag traf sie sich mit Hilde zum Frühstücken“, antwortet er.

„Können Sie uns die Adresse von dieser Hilde aufschreiben?“, bittet Sebastian ihn.

„Natürlich, aber die wohnt nicht in der Stadt, sondern außerhalb.“

Ich nicke ihm zu, als er sich von der Anrichte einen Stift und einen Notizblock holt. Anschließend schreibt er etwas darauf und reißt den Zettel ab, bevor er ihn mir entgegenhält.

„Hilde und meine Frau sind seit über dreißig Jahren befreundet, vielleicht weiß sie je etwas, das mir meine Frau nicht anvertraut hat“, sagt er schulterzuckend und man sieht ihm an, wie sehr ihn diese Tatsache verletzen würde.

„Vielen Dank Herr Laumer. Wir halten Sie auf dem Laufenden“, sagt Sebastian zum Abschied.

Wir verlassen das Haus und Sebastian gibt die Adresse der Freundin Hilde in das Navigationsgerät ein.

„Wenn du mich fragst, hat die Frau was vor ihrem Ehemann verheimlicht“, sagt Sebastian, als er den Wagen aus dem Parkplatz lenkt.

„Ja, den Eindruck habe ich auch. Aber ich glaube nicht, dass es ein Treffen mit der Freundin war. Das hätte sie ihm doch sagen können“, antworte ich.

„Womöglich hatte sie einen Liebhaber und um ihn zu treffen, hat sie diese langen Spaziergänge vorgeschoben“, vermutet Sebastian.

„Also wenn dem so war, dann weiß Hilde mit Sicherheit Bescheid“, entgegne ich entschlossen.

„Wieso bist du da so sicher?“, hakt er nach.

„Weil man einer besten Freundin einfach alles anvertraut. Vor allem, wenn man sich schon so wahnsinnig lange kennt.“

Ich weiß wie es ist eine beste Freundin zu haben. Maria weiß auch alles von mir. Als Kinder haben wir sogar gegenseitig unsere Tagebücher gelesen. Es gab keine Geheimnisse zwischen uns. Selbst heute ist das noch so. Falls ich meinem nicht vorhandenen Partner untreu wäre, dann würde ich das Maria erzählen.

Was alles natürlich vollkommen unrealistisch ist, da ich noch nicht einmal eine Beziehung habe.

Dennoch wäre Maria die Einzige, der ich ein solches Geheimnis anvertrauen würde.

„Dann bin ich ja mal gespannt, was uns Hilde zu sagen hat."

Die Fahrt dauert nicht lange, denn Hilde wohnt gerade mal ein paar Autominuten von Passau entfernt. Rein theoretisch wäre es schon möglich, dass Frau Laumer den Weg zu Fuß zurückgelegt haben könnte.

Allerdings befinden wir uns hier nicht in der Nähe der Donau, sondern in entgegengesetzter Richtung. Das wiederrum schmälert die Chance, dass Frau Laumer hier umgebracht wurde. Es sei denn der Täter hat sie mit dem Auto zur Donau gefahren und sie dann dort abgeladen.

Das alles ist reine Theorie, denn ich bin ziemlich sicher, dass die beste Freundin Hilde nichts mit dem Tod unseres Opfers zu tun hat. Aber vielleicht weiß sie ja tatsächlich mit wem das Opfer sich getroffen haben könnte.

Als wir ankommen, stehen wir vor einem schmucken Einfamilienhaus in einem kleinen Dorf nahe Passau. Schon kurz nachdem wir geklingelt haben, öffnet uns eine Frau die Tür, die das gleiche Alter wie unser Opfer haben könnte. Ihrer Miene ist deutlich anzusehen, dass sie um Frau Laumer trauert.

Sebastian stellt uns vor, und Hilde Ebner bittet uns sofort ins Haus. Es scheint beinahe so, als hätte sie auf unseren Besuch gewartet.

„Möchten Sie etwas trinken?“, fragt sie höflichkeitshalber.

„Nein, danke“, lehne ich ab und auch Sebastian schüttelt den Kopf.

„Sie sind sicher wegen der Sophie da“, sagt sie sichtlich betrübt.

Ich nicke und sie ist die erste, die unser Opfer beim Vornamen nennt. Der Ehemann sprach immer nur von seiner Frau und die Nachbarin von Frau Laumer. Man sieht deutlich, dass Frau Ebner mit unserem Opfer sehr gut bekannt war. Sie waren sogar weit mehr als das. Ich würde mal behaupten, dass viele enge Freundschaften weit tiefer gehen, als es Geschwisterliebe oftmals tut. Es geht nichts über eine beste Freundin, auch wenn es das nur beim weiblichen Geschlecht gibt. Männer verstehen sowas einfach nicht.

„Wir hörten, sie waren seit Jahrzehnten befreundet“, sage ich einfühlsam.

Sie nickt und wischt sich eine Träne aus dem Augenwinkel.

„Es ist so schrecklich“, schluchzt sie. „Wie konnte das nur passieren? Eigentlich war Sophie ein eher vorsichtiger Mensch und ich kann mir einfach nicht erklären, wie sie so fahrlässig sein konnte, bei dem Gewitter draußen rumzulaufen.“

„Nach neuesten Erkenntnissen ist sie nicht draußen rumgelaufen und es war auch kein schrecklicher

Unfall“, informiere ich sie, da sie die Neuigkeiten offensichtlich noch gar nicht gehört hat.

Vermutlich ist Herr Laumer viel zu schockiert von der Nachricht, als dass er diese verbreiten würde und sicherlich ist er auch nicht in der Verfassung mit anderen Menschen darüber zu sprechen. Auch das weist deutlich darauf hin, dass er nichts von dem Mord an seiner Frau wusste und erst recht nichts damit zu tun hatte.

„Was soll das heißen?“, fragt sie mit heiserer Stimme.

„Frau Laumer wurde ermordet“, antwortet Sebastian ihr.

Sie schüttelt schockiert den Kopf.

„Das kann nicht sein!“

„Leider doch“, seufze ich. „Deswegen sind wir auch hier. War Frau Laumer am Sonntagabend bei Ihnen?“

„Nein“, entgegnet sie stirnrunzelnd. „Wie kommen Sie denn darauf?“

„Frau Laumer hat gegenüber ihrer Nachbarin behauptet, sie würde eine Freundin besuchen, als sie am Sonntag das Haus verlassen hat.“

Bei meiner Antwort ändert sich der Ausdruck auf dem Gesicht der Frau. Sie wirkt nachdenklich, fast schon erschrocken. Da ist etwas, das sie weiß, es aber nicht sagen möchte.

„Ich habe Sophie versprochen niemandem etwas zu sagen, aber jetzt …“, murmelt sie schließlich nach einer Weile.

Angespannt warten wir auf ihre Antwort, doch sie scheint noch mit sich zu hadern, ob sie das Versprechen an ihre Freundin brechen soll.

„Frau Ebner, alles was sie wissen, könnte wirklich wichtig sein. Sie wollen doch auch, dass der Mord an Ihrer Freundin aufgeklärt wird.“

Bei meinen Worten presst Frau Ebner die Lippen fest aufeinander und stößt den Atem aus.

10. Kapitel

10. August, vormittags halb elf in Passau

„Wer hätte gedacht, dass Frau Laumer einen Liebhaber hatte?“, fragt Sebastian, als wir wieder im Revier sind.

Es hat eine Weile gedauert bis Frau Ebner mit der Wahrheit rausgerückt ist, aber dann hat sie uns von dem geheimnisvollen Liebhaber ihrer Freundin erzählt. Offensichtlich hat sie sich regelmäßig mit ihm getroffen und dafür die Sparziergänge als Vorwand benutzt.

Leider kennt Frau Ebner die Identität des Liebhabers nicht. Die hat das Opfer wohl geheim gehalten und das obwohl sie beste Freundinnen waren.

„Also was wissen wir alles über den Kerl?“, murmle ich vor mich hin und nehme meinen Notizblock.

„Sie hat ihn wohl im Fitnessstudio kennengelernt, sagte ihre Freundin.“

„Dann müsste er doch zu finden sein, immerhin wissen wir in welches Fitnessstudio Frau Laumer gegangen ist“, entgegne ich Sebastian.

„Weißt du wie viel Mitglieder so ein Fitnessstudio hat?“, entgegnet er zweifelnd.

„Ja, aber die Freundin sagte doch, dass der Kerl ein ganzes Stück jünger war als unser Opfer."

„So schränken wir die Verdächtigen nur mäßig ein. Denn in dem Alter von Frau Laumer gehen nicht mehr allzu viele ins Fitnessstudio."

„Das ist doch Schwachsinn. Natürlich gehen ältere Menschen noch ins Fitnessstudio", entgegne ich aufgebracht.

„Am besten wir fahren hin und fragen mit wem Frau Laumer dort ihre Zeit verbracht hat", schlägt Sebastian vor.

„Na dann los!"

Kurz darauf stehen wir vor dem Eingang des Fitnessstudios. Als wir es betreten, steigt mir der unangenehme Duft von Schweiß und Desinfektionsmittel in die Nase. Kein Wunder, dass ich nicht ins Fitnessstudio gehe. Mal abgesehen, dass ich in erster Linie zu faul bin, ist auch der Geruch mehr als abstoßend.

Wir nähern uns der Rezeption, wenn man das so nennen kann. Zumindest ist es eine Art Empfangstresen hinter dem eine junge Frau in Sportklamotten steht. Sie setzt ein strahlendes Lächeln auf und gibt dabei die Sicht auf eine schneeweiße Reihe Zähne frei.

Allerdings hat ihr Körper etwas viele Muskeln für meinen Geschmack. Dadurch wirkt sie sehr maskulin, zumindest wenn man von ihrem Gesicht und den blonden, langen Haaren absieht. Irgendwie hat sie etwas sehr Künstliches an sich.

„Hallo, seid ihr zum ersten Mal bei uns?“, fragt sie zur Begrüßung.

„Wir sind nicht hier, um zu trainieren“, antwortet ihr Sebastian.

Ich zeige ihr ein Foto von Frau Laumer.

„Kennen Sie diese Frau?“

„Ja, natürlich. Das ist Frau Laumer, sie hat regelmäßig bei uns trainiert. Sie ist wahnsinnig fit für ihr Alter.“

„War sie immer alleine hier?“, fragt Sebastian nach.

„Ja“, entgegnet sie nickend.

„Hat sie auch immer alleine trainiert?“, hake ich nach.

„Meistens trainiert sie zusammen mit einem anderen Kunden. Die beiden verstehen sich sehr gut“, antwortet sie. „Aber warum sprechen Sie von ihr, als würde sie nicht mehr kommen?“

„Frau Laumer wird nicht mehr kommen. Sie wurde getötet“, entgegne ich ihr.

„Was?“, fragt sie entsetzt. „Das ist ja schrecklich.“

„Deswegen müssen wir auch wissen, mit wem Frau Laumer sich hier regelmäßig getroffen hat.“

Bei meinen Worten sieht sie mich mit großen Augen an.

„Sie denken, er war es?“

„Wir denken überhaupt nichts. Wir befinden uns erst ganz am Anfang der Ermittlungen und müssen jedem Hinweis nachgehen.“

Bei Sebastians Ausführung sieht sie ihn misstrauisch an.

„Ich bin nicht sicher, ob ich einfach Kundendaten rausgeben darf.“

„Sollen wir wirklich einen Gerichtsbeschluss besorgen?“, fragt Sebastian genervt.

„Also gut, ich suche ihnen die Akte raus“, gibt sie schließlich nach.

Sie wendet sich dem Computer zu und tippt etwas auf der Tastatur, bevor der Drucker anspringt. Anschließend überreicht sie uns das Blatt Papier, welches gerade gedruckt wurde.

„Mit diesem Herrn hat sie sich regelmäßig beim Training getroffen.“

Ich nehme den Zettel an mich und werfe einen Blick darauf. Es steht darauf lediglich ein Name und eine Adresse. Dafür hätte sie nicht gleich eine ganze Seite ausdrucken brauchen. Ein handgeschriebenes Post-it hätte es da auch getan.

„Das war der einzige, mit dem sie hier Kontakt hatte?“, hake ich nach.

„Frau Laumer hat natürlich auch mit anderen geredet, aber das waren eben zufällige Kontakte. Bei diesem Mann hatte ich den Eindruck, als würden sie sich besonders gut verstehen und sich auch außerhalb des Fitnessstudios treffen“, erklärt sie.

Sebastian sieht sich nachdenklich um.

„Kann ich sonst noch etwas für Sie tun?“, fragt die Frau schließlich ungeduldig.

„Nein, danke. Auf Wiedersehen!“, sage ich zum Abschied und wende mich ab.

Sebastian folgt mir und neigt sich zu mir herunter.

„Es sei denn, du möchtest noch ein bisschen trainieren. Soweit ich weiß ist ein Probetraining meist gratis“, flüstert er schelmisch.

Ich werfe ihm einen finsteren Blick zu.

„Nicht, dass du das nötig hättest“, schickt er entschärfend hinterher.

Offensichtlich läuft er wieder zu seiner altbekannten Form auf, was spitze Bemerkungen betrifft. Wie es scheint war die freundliche und zuvorkommende Art nur vorübergehend.

„Dir würde ein bisschen Sport auch nicht schaden. Du warst auch schon mal fitter“, entgegne ich schroff.

„Machst du Witze?“, ruft er aufgebracht. „Ich bin fit wie ein Turnschuh.“

„Ja, wie ein ausgelatschter.“

„Du bist ja mal wieder unheimlich charmant“, entgegnet er schmunzelnd.

„Genauso wie du.“

„Du kannst dich einfach nicht entscheiden“, sagt er vorwurfsvoll.

„Wie meinst du das?“

„Wenn ich dir Komplimente mache, passt es dir auch nicht.“

Ich rolle mit den Augen.

„Weil deine Komplimente nie ernst gemeint sind."

„Woher willst du das wissen?"

„Ich kenne dich schon lange genug", antworte ich schulterzuckend.

Er schüttelt seufzend den Kopf.

„Das glaube ich eher nicht", brummt er und wendet sich schnellen Schrittes ab.

Etwas verwirrt folge ich ihm nach draußen. Also manchmal habe ich echt keine Ahnung, was in diesem Mann vorgeht. Er ist wie ein Blatt im Wind, das sich immer wieder von einer anderen Seite zeigt.

11. Kapitel

10. August, nachmittags halb drei in Passau

Wir stehen vor der Tür der angegebenen Adresse und warten darauf, dass uns der Mann öffnet. Es dauert eine Weile, doch dann steht ein älterer Herr vor uns, der schätzungsweise in etwa Frau Laumers Alter hat. Er ist definitiv nicht wesentlich jünger als unser Opfer. Es sei denn, er sieht nur schon älter aus, was natürlich auch sein könnte.

„Polizei Passau, mein Name ist Greiner und das ist meine Kollegin Frau Huber. Wir hätten ein paar Fragen an Sie, dürfen wir kurz reinkommen?“, fragt Sebastian ihn.

„Polizei?“, fragt er stirnrunzelnd. „Ist etwas passiert?“

„Wir würden das gerne drinnen mit Ihnen besprechen“, antworte ich ihm.

„Ja bitte! Kommen Sie doch rein!“

Wir folgen ihm ins Innere seiner Wohnung. Er führt uns in die großzügige Küche, wo er uns an seinem Esstisch einen Platz anbietet.

„Wir kommen bezüglich des Todes von Frau Laumer. Vielleicht haben Sie schon davon gehört.“

Bei Sebastians Worten nickt er bedrückt.

„Ja, ich habe es in der Zeitung gelesen. Ganz schrecklich."

„Woher kannten Sie Frau Laumer?", hake ich nach.

„Wir kannten uns nur flüchtig. Sie war im gleichen Fittnessstudio und manchmal trainierten wir gemeinsam."

„Hatten Sie ein Verhältnis mit ihr?", fragt Sebastian ganz unverfroren.

„Nein, natürlich nicht. Frau Laumer war verheiratet und ich ebenfalls. Ich liebe meine Frau", antwortet er entrüstet.

„Aber laut Zeugenaussage waren Sie mit Frau Laumer sehr innig und haben sie regelmäßig im Fitnessstudio getroffen", erwidert Sebastian.

„Wer sagt denn sowas?"

„Das können wir Ihnen leider nicht sagen", antworte ich ihm.

„Aber derjenige lügt. Unsere Treffen im Studio waren rein zufällig. Wir haben uns nur gut unterhalten. Mehr nicht", beteuert er.

„Wo waren Sie vergangenen Sonntagabend?", frage ich nach.

„Ich war mit meiner Frau zu Hause. Sie können sie gerne fragen."

Es wirkt nicht so als würde uns der Mann anlügen. Andererseits hat die Angestellte im Fitnessstudio beteuert, dass unser Opfer mit ihm eine Affäre hatte. Vielleicht hat sie die Situation einfach nur falsch eingeschätzt. Aber wenn nicht dieser Mann ihr mysteriöser Liebhaber war, wer war es dann?

„Hatte Frau Laumer sonst noch Kontakte im Studio?“, frage ich ihn.

„Sie hat sich mit ihrem Trainer ganz gut verstanden, aber ich weiß nicht, ob da mehr war“, antwortet er.

„Kennen Sie den Namen des Trainers?“, fragt Sebastian nach.

„Alle nannten ihn Thomas, aber den Nachnamen weiß ich nicht.“

Sebastian stellt ihm noch einige Fragen und notiert sich seine Telefonnummer und den Namen seiner Frau, um sich von ihr das Alibi bestätigen zu lassen, sobald sie wieder zu Hause ist. Anschließend verabschieden wir uns von dem Mann und gehen zurück zum Wagen.

Mir wäre jetzt nach einer Abkühlung. Es ist heute verdammt heiß und ein Besuch im Freibad oder am Weiher würde sich jetzt definitiv anbieten. Doch ich vermute, dass Sebastian noch heute erneut zu dem Fitnessstudio fahren möchte, um nach diesem Thomas zu suchen.

In diesem Moment klingelt mein Telefon. Ein Blick darauf zeigt mir, dass es die Nummer vom Revier ist. Ich nehme das Gespräch an.

„Servus Franzi, ihr solltet gleich mal herkommen. Der Herr Laumer ist völlig aufgewühlt hier aufgetaucht und möchte sofort mit euch sprechen", sagt der Kollege am anderen Ende.

„Okay, wir sind gleich da."

Sebastian sieht mich fragend an, als ich das Gespräch beendet habe.

„Der Laumer ist im Revier und möchte dringend mit uns reden."

„Dann verschieben wir den Besuch im Fitnessstudio", entgegnet Sebastian.

„Und auch das Freibad", murmle ich seufzend.

Vermutlich wird das heute nichts mehr. Aber wenn der Herr Laumer neue Informationen für uns hat, dann hat es sich gelohnt.

Sebastian ignoriert einige Geschwindigkeitsbeschränkungen. Offensichtlich brennt er auch darauf zu hören, was Herr Laumer zu sagen hat. Als wir ankommen, sitzt Herr Laumer vor unserem Büro und wartet auf uns. Als er uns sieht, springt er regelrecht von seinem Stuhl auf und kommt auf uns zu,

„Ich muss dringend mit Ihnen reden!", ruft er uns zu.

„Kommen Sie mit in unser Büro. Da sind wir ungestört", schlage ich ihm vor.

Er setzt sich auf den freien Stuhl zwischen unseren Schreibtischen und die pure Verzweiflung steht ihm ins Gesicht geschrieben. Ich brenne darauf zu erfahren, was dem armen Mann zugestoßen ist, denn er wirkt fast noch mitgenommener als beim Tod seiner Ehefrau.

„Jetzt erzählen Sie mal, was passiert ist!“, fordere ich ihn mitfühlend auf.

„Ich habe heute bei meiner Bank angerufen, weil sie mir das Konto gesperrt haben. Das machen die wohl so, wenn das Konto auf den verstorbenen Ehepartner gelaufen ist“, erzählt er geknickt.

„Und Sie haben gar kein Konto?“, frage ich irritiert.

Ich kenne das Problem, dass der Hinterbliebene sich auch noch mit den Behörden rumschlagen kann. Meist ist das der Fall, wenn die Erbfolge nicht eindeutig geklärt ist und die Kontoinhaber nicht beide Ehepartner waren. Allerdings schlagen sich damit vorwiegend Frauen rum, die lediglich eine Vollmacht auf das gemeinsame Konto haben und fälschlicherweise davon ausgehen, dass dies so viel wert ist, als selbst Inhaber zu sein. Das böse Erwachen kommt dann bei einem Todesfall des Kontoinhabers.

„Das Konto hatte damals nach unserer Hochzeit meine Frau für uns eröffnet. Mir war bisher gar nicht bewusst, dass ich nur eine Vollmacht habe. Das haben die mir von der Bank heute gesagt. Meine Frau hat sich um all diese Sachen gekümmert.“

Langsam verstehe ich seine Niedergeschlagenheit. Es muss schrecklich sein, wenn man sich zu der Trauer um den geliebten Ehepartner auch noch mit finanziellen Schwierigkeiten abmühen muss. Aber aus Erfahrung weiß ich, dass ihm der Zugang zu seinem Geld wieder freigegeben wird, sobald feststeht, dass er der Erbe ist.

„Sobald Sie den Erbschein haben, kommen Sie auch wieder an Ihr Geld“, versuche ich ihn zu beruhigen.

„Das ist ja das Problem. Die Dame von der Bank hat mich darüber informiert, dass unsere Konten vollkommen überzogen sind. So wie es scheint hat meine Frau sogar eine Hypothek auf unser Haus aufgenommen, die ich vermutlich mit meiner Rente niemals zurückzahlen kann.“

Okay, damit habe ich jetzt nicht gerechnet. Ich wechsle mit Sebastian einen Blick. Wie es scheint ist auch er etwas sprachlos angesichts der Tatsache, wie sich die Dinge gerade entwickeln.

„Soll das heißen Ihre Frau hat ohne Ihr Wissen Kredite aufgenommen?“, fragt Sebastian irritiert nach.

„Ja, ich hatte davon keine Ahnung“, antwortet er schulterzuckend.

„Und wofür hat sie das Geld verwendet?“, hake ich neugierig nach.

„Woher soll ich das wissen? Die Frau von der Bank hat gesagt, dass es bar an meine Frau ausgezahlt wurde.“

Erneut wechsle ich mit Sebastian einen verwunderten Blick. Langsam wird die Sache äußerst interessant.

„Herr Laumer, von welcher Summe sprechen wir denn hier?“, fragt Sebastian zurückhaltend.

„Insgesamt waren es über hunderttausend Euro.“

Ich starre ihn ungläubig an. Das ist ja mal eine Summe!

Da gibt es bestimmt den ein oder anderen, der dafür töten würde.

Herr Laumer fängt an leise zu schluchzen. Dieser Mann ist völlig am Ende, was angesichts allem, was ihm innerhalb nur weniger Tage vom Schicksal auferlegt wurde, auch nicht verwunderlich ist.

„Ist es für Sie in Ordnung, wenn wir uns mit Ihrer Bank in Verbindung setzen und uns die Kontovorgänge ansehen?“, frage ich ihn mit ruhiger Stimme.

Ich würde ihm gerne mehr helfen. Aber vorerst können wir nicht viel mehr tun, als den Mord an seiner Frau aufzuklären und so schrecklich es sich auch anhört, die neuen Erkenntnisse könnten uns dahingehend womöglich helfen.

12. Kapitel

11. August, morgens halb zehn in Passau

Wir haben einen Termin bei der Bankberaterin von Herrn Laumer und seiner Frau. Sie kann uns sicher erklären, wie es sein kann, dass Herr Laumer bis gestern nichts von seiner Überschuldung wusste.

„Möchten Sie etwas trinken? Vielleicht eine Tasse Kaffee?“, bietet uns die Frau mit den biederen Klamotten und der Hochsteckfrisur an.

„Nein danke! Wir sind nicht zum Kaffeetrinken hier“, entgegne ich schroff, wobei ich einen vorwurfsvollen Blick von Sebastian erhalte.

Ich gebe es ja zu. Vielleicht war ich gerade etwas zu schroff. Immerhin kann die Banktussi nichts für den Mord an Frau Laumer. Dennoch trägt sie die Mitschuld, dass Herr Laumer jetzt in solch großen finanziellen Schwierigkeiten steckt. Wie kann ich eine Hypothek auf das Haus eines Rentnerehepaars genehmigen, ohne dabei beide Vertragspartner zu fragen.

Außerdem finde ich es absolut unangebracht von der Bankangestellten, dass sie gerade mal zwei Tage nach dem Tod der Ehefrau Herrn Laumer über die finanzielle Situation unterrichtet hat.

„Also, was kann ich für Sie tun?“, fragt sie schließlich sichtlich angesäuert.

Offensichtlich missfällt ihr meine Reaktion gewaltig, was ich zugegebenermaßen sogar nachvollziehen kann. Immerhin war ich soeben nicht gerade höflich.

„Wie kann es sein, dass Herr Laumer nichts von den finanziellen Problemen wusste?“, frage ich geradeheraus.

„Laut unseren Informationen wusste er davon“, entgegnet sie schulterzuckend. „Für eine Hypothek auf ein gemeinsames Haus müssen immer beide Partner einverstanden sein.“

„Wie Ihnen aber sicher bei dem Gespräch mit ihm nicht entgangen ist, wusste er nichts davon“, schaltet sich nun Sebastian ein.

„Wie hat er seine Zustimmung gegeben?“, frage ich nach.

„Er hat die Kreditanträge alle unterschrieben“, antwortet sie verteidigend.

„Hier, vor Ort?“, hakt Sebastian nach.

„Nein, Frau Laumer hat die Anträge immer mit nach Hause genommen und unterschieben zurückgebracht.“

„Dann könnte Frau Laumer die Unterschrift ihres Mannes gefälscht haben“, vermutet Sebastian.

„Dann hätte sie das aber verdammt gut gemacht, denn natürlich haben wir die Unterschriften mit unserer Vorlage, die wir von Herrn Laumer haben, verglichen."

Sie redet, als wolle sie sich verteidigen und uns erläutern, wie es dazu kommen konnte. Es ist ihr offensichtlich unangenehm, dass es in ihrer Bank zu einem solchen Vorfall gekommen ist.

„Wir brauchen die Kreditverträge, um sie von unserem Labor untersuchen zu lassen", informiere ich die Bankangestellte.

„Natürlich", entgegnet sie geschäftig und greift zum Hörer, um ihre Sekretärin damit zu beauftragen.

„Wissen Sie denn, was Frau Laumer mit dem Geld gemacht hat?", frage ich nach.

„Einmal sagte sie, dass sie ein neues Auto kaufen wollte. Und beim zweiten Mal gab sie an, das Geld für eine Hausrenovierung zu benötigen."

„Und es kam Ihnen nicht komisch vor, dass Frau Laumer das Geld immer bar abgehoben hat?", hake ich nach.

„Für einen Autokauf wird das Geld oft bar abgehoben und wie unsere Kunden ihre Rechnungen bezahlen, überprüfen wir im Fall von Stammkunden nicht. Familie Laumer hat ihre Verbindlichkeiten immer fristgerecht bezahlt. Also gab es für uns keinen Grund sie zu überwachen", erklärt die Angestellte ausführlich.

Nachdem wir alles geklärt haben, verabschieden wir uns von der Frau und nehmen noch die Kreditunterlagen von der Sekretärin entgegen.

Anschließend verlassen wir die Bank und machen uns auf den Weg ins Revier.

„Glaubst du denn Herrn Laumer, dass er nichts von den Krediten wusste?“, fragt Sebastian als wir im Wagen sitzen.

„Natürlich, warum sollte er uns denn anlügen?“

„Naja, wenn er schon vor dem Tod seiner Frau davon erfahren hätte, dann wäre das definitiv ein Motiv“, antwortet Sebastian.

„Ganz ehrlich, um uns das alles vorzuspielen, müsste er schon ein verdammt guter Schauspieler sein.“

Natürlich könnte Sebastian mit seiner Vermutung richtig liegen. Doch das würde bedeuten, dass Herr Laumer den Mord von Anfang an und bis ins kleinste Detail geplant hätte. Das traue ich ihm einfach nicht zu. Außerdem war seine Trauer, und auch sein Entsetzen echt.

Selbst die Frau von der Bank hat angegeben, dass Herr Laumer aus allen Wolken gefallen ist, als sie ihn auf die rückständigen Kreditraten angesprochen hatte.

„Wenn auf Frau Laumer noch eine hohe Lebensversicherung abgeschlossen ist, dann wird der Verdacht, dass ihr Mann der Täter ist immer wahrscheinlicher“, brummt Sebastian.

„Und was hätten sie dann mit dem Geld getan?“, frage ich nach. „Sie haben weder ein neues Auto gekauft, noch das Haus renoviert.“

„Vielleicht ist er ein Spieler und hat es auf den Kopf gehauen“, vermutet Sebastian.

„Nein, das traue ich ihm nicht zu. Selbst wenn es so wäre, hätte er seine Frau deswegen sicher nicht umgebracht“, erwidere ich kopfschüttelnd. „Ich glaube vielmehr, dass Frau Laumer einen Liebhaber hatte, den sie finanziert hat.“

„Dann müssen wir herausfinden, wer das war!“

„Die Frage ist nur, wo wir anfangen sollen zu suchen“, entgegne ich nachdenklich.

„Jetzt lassen wir mal die Unterschriften prüfen, ob diese tatsächlich gefälscht sind. In der Zwischenzeit statten wir dem Fitnessstudio noch einen Besuch ab, denn irgendwie habe ich das Gefühl, dass die Blondine uns angeflunkert hat“, murmelt Sebastian.

„Ich bin ja mal gespannt, wie sie erklärt, dass sie uns die Sache mit diesem Thomas verschwiegen hat.“

„Womöglich ist es ja dieser Thomas, mit dem Frau Laumer ein Verhältnis hatte und der das ganze Geld abgestaubt hat.“

Sebastian runzelt die Stirn, während er auf die Straße blickt.

„Stell dir mal vor, du erfährst, dass du einen Berg voll Schulden hast, weil deine Frau ohne dein Wissen ihren Liebhaber finanzierte.“

„Da wäre es einem fast nicht zu verdenken, wenn er zum Mörder würde“, murmelt Sebastian.

Ich nicke nachdenklich. Es muss ein regelrechter Schock sein, wenn man von dem Menschen, mit dem man fast sein ganzes Leben verbracht hat, so sehr hintergangen wird.

„Wir müssen diesen mysteriösen Liebhaber finden, dann haben wir auch den Täter“, sage ich entschlossen.

Als wir das Fitnessstudio betreten, steht nicht mehr die muskulöse Blondine hinter dem Empfangstresen. Stattdessen befindet sich dort ein Mann, dessen Muskeln wie aufgepumpt aussehen. Offensichtlich ist er ein Bodybuilder.

„Hallo, wir suchen nach der blonden Frau, die gestern hier am Empfang stand“, sagt Sebastian nach der Begrüßung.

„Jennifer, hat sich heute krankgemeldet. Sie wird diese Woche nicht mehr hier auftauchen“, antwortet er.

„Arbeitet hier ein Thomas?“, hake ich nach.

„Er hat sich ebenfalls krankgemeldet.“

„Ein komischer Zufall“, sage ich misstrauisch.

„Na ja, die beiden sind ein Paar. Also ist es gut möglich, dass sie sich gegenseitig angesteckt haben.“

Oder die beiden sind ein Gangsterpärchen und haben die arme Frau Laumer auf dem Gewissen. Natürlich sage ich das nicht laut, aber ein Blick in Sebastians Gesicht reicht, um zu erkennen, dass er das Gleiche denkt.

„Wir brauchen die Adresse von den beiden!“, fordert Sebastian.

„Tut mir leid, aber das fällt unter Datenschutz", antwortet er schulterzuckend.

Sebastian holt seinen Dienstausweis aus der Tasche und legt ihn auf den Tresen.

„Für uns gilt der Datenschutz nicht", brummt er.

Der Bodybuilder nickt hektisch, bevor er uns die Adressen ausdruckt.

13. Kapitel

11. August, morgens halb zwölf in Passau

An keiner der beiden Adressen treffen wir jemanden an.

„Schon komisch, dass keiner zu Hause ist, wenn die beiden doch krank sind“, knurrt Sebastian.

„Denkst du sie haben die arme Frau Laumer zuerst über den Tisch gezogen und anschließend umgebracht?“, frage ich zögerlich.

„Gut möglich, dass sie einen abscheulichen Plan ausgearbeitet haben, indem der Kerl unser Opfer erst gefügig machte und ausnahm, wie eine Weihnachtsgans und sie anschließend die arme Frau entsorgten.“

Sebastians Stimme ist abfällig und dunkel, als er die schreckliche Vermutung ausspricht.

„Vielleicht ist es aber auch nur ein blöder Zufall und die beiden Fitnessheinis haben absolut nichts mit dem Mord zu tun“, werfe ich ein, weil mir die Vorstellung, dass es tatsächlich so gelaufen sein könnte, immens widerstrebt.

„Wie auch immer, ich schicke jetzt jedenfalls eine Suchmeldung für die beiden raus. Wir müssen sie finden“, brummt er und greift zu seinem Handy, um die Kollegen zu informieren.

Ein paar Minuten später beendet er das Gespräch und schiebt sein Telefon in die Hosentasche.

„Jetzt gehen wir was essen. Ich habe Hunger“, sagt er anschließend mürrisch.

„Gute Idee, mir knurrt auch der Magen schon“, stimme ich ihm zu.

Solange unsere Kollegen nach dem Pärchen suchen, können wir sowieso nicht viel machen. Daher ist es legitim dafür zu sorgen, dass unsere Grundbedürfnisse gestillt werden. Ich will ja nicht behaupten, dass ich kurz vor dem Hungertod stehe, aber mein Frühstück fiel heute etwas sparsam aus, weil ich mal wieder verschlafen habe.

„Biergarten?“, fragt Sebastian und ich nicke sofort zustimmend.

Bei diesem heißen Wetter eine verdammt gute Idee das Essen an einem schattigen Plätzchen an der Donau einzunehmen. So ein richtig saurer Wurstsalat wäre jetzt genau das Richtige.

„Du bist dir schon ziemlich sicher, dass wir eine heiße Spur haben und das Pärchen unsere Täter sind, oder?“, frage ich ihn, als wir im Auto sitzen.

„Ziemlich ja. Du etwa nicht?“, entgegnet er.

„Ich weiß auch nicht. Irgendwie kommt es mir etwas zu einfach vor.“

„Wieso einfach?“, fragt er mit gerunzelter Stirn. „Die beiden haben sich vermutlich abgesetzt und wir können sie jetzt erstmal suchen. Als einfach würde ich das nicht bezeichnen.“

„Wir wissen noch gar nicht, ob sie sich abgesetzt haben“, entgegne ich vorwurfsvoll.

In diesem Fall verurteilt Sebastian die Verdächtigen zu schnell. Außerdem haben wir diesen Thomas noch nicht einmal gesprochen. Vielleicht gibt es ja eine ganz einfache Erklärung, warum er nicht zu Hause war.

„Wie auch immer. Überprüfen können wir es erst, wenn wir die beiden haben und deshalb machen wir uns bis dahin einen schönen Nachmittag.“

Ich sehe ihn verwundert an, als er das Auto parkt.

„Wieso Nachmittag?“, frage ich irritiert. „Wir gehen doch nur schnell was essen und fahren dann wieder ins Büro.“

„Ich dachte solange die beiden nicht gefunden sind, können wir uns auch frei nehmen. Immerhin gibt es für uns derweil sowieso nichts zu tun.“

„Okay, dann gehe ich heute Nachmittag ins Freibad. Das wollte ich die ganze Woche schon tun.“

„Ich komm mit!“, entschließt Sebastian ohne mich dabei um Erlaubnis zu fragen.

Dabei will ich meine Freizeit gar nicht mit ihm verbringen. Eigentlich wollte ich mich mit einem Buch gemütlich in den Schatten legen und etwas entspannen. Wenn es mir zu heiß wird gehe ich kurz ins Wasser, um mich abzukühlen und nehme anschließend wieder meinen Platz ein. An Gesellschaft habe ich da jetzt eigentlich nicht gedacht. Schon gar nicht an seine!

Ohne auf meine Reaktion zu warten, steigt er aus dem Wagen. Offensichtlich stellt er es gar nicht in Frage, dass ich meinen freien Nachmittag mit ihm verbringen möchte. Aber an Selbstvertrauen hat es ihm ja noch nie gefehlt!

Ich steige seufzend aus und folge ihm in den Biergarten. Wir erhaschen noch einen freien Tisch, der unter einer großen Buche steht. Sebastian zieht mir einen Stuhl zurecht und ich sehe ihn zweifelnd an.

„Was soll das werden?“, frage ich misstrauisch.

„Ich bin einfach nur aufmerksam“, entgegnet er vorwurfsvoll.

„Das wäre ja ganz was Neues“, sage ich mit zusammengekniffenen Augen. „Was führst du im Schilde?“

„Gar nichts“, ruft er. „Was unterstellst du mir denn da?“

„Ich kenne dich gut genug, um zu wissen, dass du nichts ohne Hintergedanken tust und du bist definitiv kein Gentleman, zumindest nicht mir gegenüber.“

„Das stimmt doch gar nicht. Außerdem bist du es doch, die keine Komplimente mag.“

„Wie kommst du darauf, dass ich keine Komplimente mag?“, frage ich ungläubig.

„Weil du diese immer falsch auffasst.“

Ich verschränke meine Arme vor der Brust und sehe ihn vorwurfsvoll an, während er noch immer hinter dem Biergartenstuhl steht und darauf wartet, dass ich mich daraufsetze.

„Jetzt setz dich endlich!“, brummt er genervt und umrundet den Tisch, um mir gegenüber Platz zu nehmen.

Als die Kellnerin kommt und die Bestellung aufnimmt, brauche ich keinen Blick in die Karte werfen, ich weiß auch so, was ich möchte.

„Einen Wurstsalat und ein Radler, bitte!“

„Ein Radler nehme ich auch und die Currywurst“, bestellt Sebastian.

Als die Kellnerin wieder weg ist, starrt Sebastian mich finster an.

„Was ist?“, frage ich genervt.

„Ich frage mich nur, ob es dir irgendein Mann recht machen kann“, antwortet er frech.

„Da wird es bestimmt einen geben.“

„Bist du dir da sicher?“

Nein, das bin ich nicht, denn langsam habe ich selbst den Eindruck, dass es den Richtigen für mich vielleicht gar nicht gibt. Aber natürlich werde ich das Sebastian gegenüber niemals zugeben.

„Wie heißt es so schön. Für jeden Topf gibt es den passenden Deckel.“

„Die Frage ist, ob du es erkennst, wenn es der richtige Deckel ist“, murmelt er.

Ich verstehe seine Anspielung nicht so recht, doch bevor ich nachfragen kann, kommt die Kellnerin mit den Getränken. Sofort ergreift Sebastian sein Glas und prostet mir zu, bevor er einen großen Schluck trinkt.

„Hast du denn deine Badesachen schon dabei?“, frage ich ihn.

„Die fahre ich schon seit ein paar Tagen spazieren, aber bisher habe ich es nie geschafft abends noch ins Freibad zu fahren“, antwortet Sebastian.

„Ja, ich habe es auch schon eine Weile vor, aber es kommt immer was dazwischen.“

„Dann hast du deine Sachen auch schon dabei?“, hakt er nach.

Ich schüttle den Kopf.

„Kein Problem, dann fahren wir nach dem Essen kurz bei dir vorbei.“

„Ich habe sie jetzt hier nicht dabei, aber sie liegen in meinem Auto, das parkt beim Revier“, stelle ich klar.

„Perfekt, dann brauchen wir nur noch ins Revier, um deine Sachen zu holen“, entgegnet er sichtlich erfreut.

14. Kapitel

11. August, nachmittags halb zwei in Passau

Als wir am Eingang des Freibads ankommen, erwartet uns eine kleine Schlange von Menschen, die ebenfalls anstehen. Kein Wunder, immerhin ist es Hochsommer und strahlender Sonnenschein. Da fährt gefühlt die ganze Stadt zur Abkühlung ins Freibad.

„Das kann wohl eine Weile dauern“, murmle ich genervt, als wir uns in die Reihe stellen.

Überraschenderweise geht es ziemlich schnell, denn es sind zwei Kassen besetzt. Als wir an der Reihe sind, bezahlt Sebastian den Eintritt für uns beide. Ich mustere ihn von der Seite. Auch das Mittagessen hat er heute schon bezahlt und ich frage mich, warum er die Spendierhosen anhat.

Führt er was im Schilde?

Oder hat er vielleicht ein schlechtes Gewissen?

Aber warum sollte er das haben?

Es gibt nichts, das mir dahingehend einfallen würde. Soweit ich weiß, hat er sich nichts zu Schulden kommen lassen.

Wir drehen eine Runde durch das Freibad auf der Suche nach einem schattigen Plätzchen. Wir haben Glück, denn in diesem Moment bricht eine junge Familie auf und packt ihre Sachen zusammen.

Das kleine Mädchen ist nicht erfreut über die Entscheidung ihrer Eltern nun aufzubrechen. Sie wehrt sich mit Händen und Füßen, als ihr die Mutter das Kleidchen über den Kopf ziehen möchte.

„Ich wette du warst auch so ein Sturkopf, als du so klein warst“, flüstert Sebastian mir zu.

„Da irrst du dich“, versichere ich ihm. „Ich war ein Engel. Frag meine Mama!“

„Ja sicher“, grinst er frech und hat dabei etwas kindlich Unschuldiges an sich.

Irgendwie kommt er mir in letzter Zeit etwas verändert vor. Ich weiß nur noch nicht genau, wie ich das einordnen soll. Er ist irgendwie netter.

Als die Kleine sich weiterhin wehrt und sich trotzig auf den Boden wirft, packt der Vater sie kurzerhand und klemmt sie sich unter den Arm. Das feuert den kleinen Sturkopf nur noch mehr an. Sie strampelt mit Armen und Beinen, doch der Vater scheint es wirklich gelassen zu nehmen. Seelenruhig durchquert er das Freibadgelände und stapft auf den Ausgang zu, während die Mutter mit den Sachen hinterhereilt.

Als sie an uns vorbeigeht, wirft sie uns noch einen entschuldigenden Blick zu. Es ist ihr sichtlich unangenehm, dass ihre Tochter so viel Radau macht. Ich lächle ihr zu, bevor ich meine Matte ausbreite und darauf ein großes Handtuch lege.

Anschließend hole ich meinen Badeanzug aus der Tasche.

„Ich gehe mich umziehen“, sage ich zu Sebastian, bevor ich zu den Umkleidekabinen verschwinde.

Auch bei den Umkleidekabinen herrscht reger Betrieb und ich muss eine Weile warten, bis ich eine freie Kabine erhasche. Als ich wieder an den Platz zurückkomme trägt Sebastian bereits seine Badehose. Ich verkneife es mir zu fragen, wie er sich noch vor mir umziehen konnte, denn ich habe ihn definitiv nicht bei den Umkleidekabinen gesehen. Allerdings habe ich auch kein Interesse daran zu hören, wie er sich lediglich mit einem Handtuch vor den fremden Blicken geschützt hat oder womöglich ganz auf Sichtschutz verzichtet hat.

„Gehen wir gleich ins Wasser?“, fragt er.

„Von mir aus“, entgegne ich schulterzuckend, als würde ich ihm lediglich einen Gefallen tun.

Dabei ist mir so heiß, dass sich in meinem Dekolleté bereits die Schweißperlen sammeln. Ich kann es kaum erwarten ins kühle Nass zu springen.

Sebastian stellt sich unter die eiskalte Dusche, die sich vor dem Schwimmerbecken befindet. Es scheint ihm überhaupt nichts auszumachen. Als er fertig ist, nähere ich mich dem Wasserstrahl. Halte zuerst meine Füße und Hände unter das Wasser, um mich langsam an die Kälte zu gewöhnen und nicht gleich einen Kälteschock zu erleiden.

„Jetzt komm schon!“, fordert Sebastian ungeduldig, während ich mich langsam zu meinem restlichen Körper vorarbeite.

„Das Wasser ist eiskalt“, rufe ich ihm zu.

„Ja zum Glück!“, entgegnet er. „So ist es wenigstens eine Abkühlung bei der Hitze.“

Ein Zittern durchfährt meinen Körper, als ich mich vollkommen unter den kalten Strahl stelle. Schnell weiche ich wieder zurück und entferne mich von der Dusche. Ich hoffe wirklich das Wasser im Becken ist nicht ganz so kalt, sonst brauche ich eine Ewigkeit bis ich im Wasser bin.

Im Gegensatz zu mir, hat Sebastian offensichtlich kein Problem mit kaltem Wasser, denn er stellt sich auf einen der Startblöcke und springt kopfüber ins Becken. Ich ziehe die Leiter vor. Zuerst tauche ich meine Füße in das Wasser und steige anschließend eine weitere Stufe nach unten.

Es funktioniert ganz gut, zumindest bis mein Hintern das Wasser berührt. Ich halte inne und atme durch. Jetzt kommt der Moment an dem ich hoffe, dass so schnell keiner kommt, der über diese Leiter ins Wasser steigen möchte, denn für gewöhnlich dauert es eine ganze Weile, bis ich meinen Körper komplett untergetaucht habe.

Doch in diesem Moment treffen sehr viele kalte Wassertropfen auf meine Rückseite. Mir entkommt ein spitzer Schrei und als ich mich umsehe, ist es Sebastian, der mit beiden Händen Wasser auf mich spritzt.

„Hör auf!“, rufe ich. „Das ist so kalt.“

Er lacht laut auf.

„Es ist nicht kalt. Du musst einfach schnell untertauchen."

Als ich den Kopf schüttle und mich an die Griffe der Leiter klammere, trifft mich erneut ein Schwall Wasser. Mittlerweile bin ich tropfnass. Ich stoße seufzend den Atem aus, bevor ich mich ins Wasser gleiten lasse.

„Na endlich", ruft Sebastian aufgebracht. „Du bist ja eine richtige Memme."

„Ich bin eben empfindlich, was kaltes Wasser anbelangt."

Sebastian grinst frech, während er mit langen Zügen auf mich zu schwimmt. Ich sehe es in seinen Augen. Er hat etwas vor und ich bin ziemlich sicher, dass mir das nicht gefallen wird. Wenn ich mich nicht irre, hat er vor mich zu tauchen.

„Wage es ja nicht!", sage ich warnend, als er auf mich zukommt.

„Das würde ich doch niemals tun", entgegnet er mit einem spitzbübischen Grinsen.

Natürlich ist das eine glatte Lüge. Die Frage ist nicht ob er es tut, sondern wann.

„Na los, lass uns ein paar Bahnen schwimmen!", sagt er schließlich.

Wie es scheint ist das ein Friedensangebot, wobei mir sehr wohl klar ist, dass es nur ein vorübergehender Waffenstillstand ist. Leider ist es im Becken ziemlich voll und es ist beinahe unmöglich nebeneinander zu schwimmen.

Immer wieder müssen wir spielenden Kindern und anderen Schwimmern ausweichen. Wie aus dem Nichts spüre ich plötzlich eine Hand auf meiner Schulter und bevor ich überhaupt reagieren kann, bin ich auch schon mit dem Kopf unter Wasser.

Beinahe zeitgleich umgreift ein Arm meine Taille und zieht mich wieder hoch. Als ich wieder an der Wasseroberfläche bin, pruste und huste ich los. Sebastian zieht mich an den Rand, wo ich langsam wieder zu Atem komme. Ein ganzer Schwall Wasser ist mir in die Nase geschossen, da ich überhaupt nicht auf das Tauchen vorbereitet war.

Ich werfe Sebastian einen finsteren Blick zu.

„Das wirst du büßen!“, sage ich finster, während er dabei grinst, als würde er sich darauf schon freuen.

15. Kapitel

11. August, abends halb sechs in Passau

Der Nachmittag mit Sebastian im Freibad war tatsächlich sehr lustig und weil ich so gutgelaunt bin, habe ich ihn gleich noch zu mir nach Hause zum Essen eingeladen. Na ja, wohl eher zu meiner Mama, aber das ist ja fast das Gleiche.

Wir packen unsere Sachen zusammen, um pünktlich zum Abendessen zu Hause zu sein.

„Sieh mal, der Kerl sieht doch diesem Thomas ähnlich. Wir haben ihn zwar nur auf dem Foto gesehen, aber das ist er doch oder?“, fragt Sebastian plötzlich und nickt mit seinem Kinn in Richtung Schwimmbecken.

Ich folge seinem Deuten und sehe den Mann, den Sebastian meint. Tatsächlich ist die Ähnlichkeit nicht zu leugnen, auch wenn es sehr schwierig ist ein Foto mit der Realität zu vergleichen. Immerhin war es nur ein kleines Passfoto, das wir auf dem Bildschirm gesehen haben.

„Ich glaube du hast Recht. Das ist der Kerl, den wir überall suchen.“

Sebastian lässt seine Sachen fallen und läuft auf den Kerl zu. Sofort folge ich ihm und als der Kerl in unsere Richtung sieht, habe ich für einen kurzen Moment die Befürchtung er könnte türmen.

Doch wie es aussieht ist er sich keiner Schuld bewusst oder er rechnet ganz einfach nicht damit, dass die Polizei hier auftauchen könnte.

„Entschuldigung, sind Sie Thomas Liebl?“, fragt Sebastian ihn.

Überrascht sieht der Mann uns an.

„Ja, warum? Kennen wir uns?“

Der Mann ist definitiv jünger als unser Opfer und zudem ziemlich gutaussehend und durchtrainiert. Es wäre gut möglich, dass der Kerl die arme Frau bezirzt hat, um sie um ihr ganzes Vermögen zu bringen. Aber wäre er auch fähig sie zu ertränken und dann in der Donau zu entsorgen?

Ganz davon abgesehen, sich anschließend völlig unschuldig hier im Freibad aufzuhalten und das alles während man krankgeschrieben ist.

„Wir waren im Fitnessstudio in dem Sie arbeiten, aber da hieß es Sie wären krank“, sagt Sebastian.

„Hat mein Chef Sie etwa engagiert, um mich zu beschatten?“, fragt er angespannt. „Ich weiß, dass es nicht die feine englische Art ist blau zu machen. Aber ich bekomme nie frei, wenn es schönes Wetter hat.“

Er verteidigt sich verzweifelt.

„Deswegen haben wir Sie nicht gesucht“, informiere ich ihn. „Wir sind von der Polizei und hätten einige Fragen an Sie. Es geht um den Mord an Frau Laumer.“

„Achso, ja klar. Sie war eine meiner Kundinnen“, entgegnet er und wirkt dabei gar nicht wie ein Täter, der was zu verbergen hat.

Eher so, als würde ihm der Tod der Frau nahegehen.

„Lassen Sie uns lieber da drüben weiterreden“, fordert Sebastian ihn auf und deutet an den Rand des Schwimmbadgeländes.

Wir begeben uns dorthin, wo kaum Leute sind und wir ungestört reden können.

„Ist Ihre Freundin auch hier?“, frage ich ihn.

„Meine Freundin?“, entgegnet er stirnrunzelnd.

„Na ihre blonde Kollegin“, sagt Sebastian nachdrücklich.

„Ach das“, winkt er ab. „Wir sind schon wochenlang nicht mehr zusammen.“

„Dürfen wir fragen warum?“, hake ich nach.

„Das möchte ich lieber nicht sagen“, druckst er rum.

„Gut, dann fragen wir anders. Hatten Sie mit Frau Laumer ein Verhältnis?“

Bei Sebastians Frage weiten sich die Augen von Herrn Liebl.

„Natürlich nicht!“, entgegnet er entrüstet. „Wie kommen Sie denn darauf?“

„Wir vermuten, dass Frau Laumer einen Liebhaber hatte, der sie um einiges Geld gebracht hat.“

Bei meinen Worten runzelt der Mann die Stirn und sieht nachdenklich aus. Er wirkt, als würde ihm in diesem Moment etwas klar. Er presst seine Lippen fest aufeinander und schüttelt kaum merklich den Kopf.

„Was?“, frage ich misstrauisch.

Er stößt seufzend den Atem aus.

„Der Grund unserer Trennung … ich wollte nichts sagen, um Jennifer nicht in Schwierigkeiten zu bringen. Aber jetzt …“

Wir hängen gespannt an seinen Lippen, doch er scheint noch zu zweifeln, ob er uns einweihen soll.

„Jetzt reden Sie schon. Bisher sind Sie nämlich unser Hauptverdächtiger“, sage ich warnend.

„Was ich? Warum bin denn ich verdächtig?“, fragt er schockiert.

„Na weil Sie offensichtlich sehr viel Zeit mit ihr verbracht haben und auf die Beschreibung des Mannes passen. Wo waren Sie denn am Sonntagspätnachmittag?“

Er sieht Sebastian vorwurfsvoll an.

„Ich war alleine zu Hause. Wenn Sie also ein Alibi von mir wollen, dann muss ich Sie leider enttäuschen“, antwortet er trotzig.

„Dann sollten Sie uns vielleicht einen guten Grund liefern, damit wir uns einem anderen Verdächtigen zuwenden“, schlage ich ihm vor.

„Die Trennung hatte einen ganz besonderen Grund. Meine Freundin wollte, dass ich mich an ältere Damen im Fitnessstudio ranmache und mir von ihnen teure Geschenke erschleiche“, gesteht er schließlich.

„Sie wollte also, dass Sie ältere Frauen gezielt ausnehmen?“, hake ich nach.

„Ja“, entgegnet er schulterzuckend. „Das war der Grund, warum ich mich sofort von ihr getrennt habe.“

„Hatte Sie denn nach Ihnen einen Freund?“

Bei meiner Frage nickt er mit einem genervten Stöhnen.

„Offensichtlich hat es nicht lange gedauert, bis sie sich anderweitig umgesehen hat.“

„Und wer war der Glückliche?“

„Das weiß ich leider nicht“, antwortet er schulterzuckend. „Sie hat nur immer wieder geschwärmt, wie unglaublich toll ihr neuer Lover ist. Keine Ahnung, ob sie mich damit nur aufgezogen hat, oder ob sie tatsächlich einen Neuen hatte.“

„Dann müssen wir Ihrer Ex-Freundin wohl einen Besuch abstatten. Leider haben wir sie zu Hause nicht angetroffen. Wissen Sie denn wo wir sie finden können?“

„Im Fitnessstudio“, antwortet er.

„Leider nicht. Sie hat sich ebenfalls krankgemeldet“, informiere ich ihn.

„Dann kann ich Ihnen leider auch nicht helfen“, entgegnet er schulterzuckend.

„Wir werden Sie schon finden. Unsere Kollegen suchen bereits nach ihr“, brummt Sebastian.

„Bin ich dann jetzt rehabilitiert?“, fragt der Mann angespannt.

„Noch nicht ganz. Aber vorerst reicht es uns, wenn Sie sich für unsere Fragen zur Verfügung halten. Also keine Reisen oder dergleichen“, sagt Sebastian mit warnendem Fingerzeig.

„Ich habe in nächster Zeit nichts in diese Richtung vor“, stimmt er zu.

Wir verabschieden uns von Herrn Liebl, bevor wir uns wieder zu unseren Sachen begeben, um endlich den Heimweg anzutreten. Meine Mama mag es so gar nicht, wenn nicht alle pünktlich am Esstisch sitzen.

„Wir sollten auf dem Heimweg nochmal bei der blonden Fitnesstussi vorbeifahren. Vielleicht treffen wir sie ja zufällig an“, schlägt Sebastian vor.

Ich nicke zustimmend, auch wenn das bedeutet, dass die Mama sich wieder einmal echauffiert, weil wir zu spät zum Essen kommen. Dass ich Sebastian im Schlepptau habe, sollte sie allerdings wieder gütlich stimmen.

16. Kapitel

11. August, abends halb sieben in Oberhunding

Wir stehen vor der Tür unserer Verdächtigen und klingeln sturm. Leider scheint sie noch immer nicht zu Hause zu sein. Womöglich hat sie sich mit ihrem Kumpan und dem ergaunerten Geld schon abgesetzt.

„Wie es aussieht ist sie wieder nicht da“, seufze ich.

„Ja, offensichtlich müssen wir darauf hoffen, dass die Kollegen sic noch erwischen, bevor sie das Land verlassen kann.“

„Denkst du wirklich, sie ist bereits auf der Flucht?“, frage ich zweifelnd.

„Sie wollte ihren Freund darauf ansetzen, dass er wohlhabende Frauen verführt und sie ausnimmt. Zweifelst du wirklich daran, dass sie etwas mit dem Tod von Frau Laumer zu tun hat?“

Ich stoße seufzend den Atem aus, denn Sebastian hat Recht. Wie es scheint ist diese Frau wohl zu allem fähig und hat einen Dummen gefunden, der genauso skrupellos ist wie sie.

„Fahren wir! Meine Mama wird sauer, wenn wir nicht pünktlich zum Essen kommen.“

Dass wir die Fitnesstrainerin nicht angetroffen haben hat wenigstens den Vorteil, dass wir noch einigermaßen pünktlich sein werden.

Als wir ankommen ist der Tisch vor dem Haus gedeckt. Nur selten essen wir auf der Terrasse vor dem Haus. Glücklicherweise ist es um diese Zeit nicht mehr so heiß und wie es aussieht wird heute der Grill angeworfen, denn mein Bruder feuert diesen gerade an.

„Ach, das ist ja schön, dass du auch dabei bist Sebastian. Der Michi verbrennt das Fleisch sowieso immer, könntest du bitte einen Blick auf ihn haben?"

Meine Mama ist unglaublich gutgelaunt, was vermutlich auch daran liegt, dass ich Sebastian mit zum Essen gebracht habe. Sie drückt Sebastian die Platte mit dem Fleisch in die Hände und winkt mir zu.

„Komm Franzi, hilf mir den Tisch zu decken. Und ihr kümmert euch um das Fleisch, damit wir bald essen können."

Die Oma kommt gerade über den Hof. Wie es aussieht war sie im Hühnerstall, denn sie hat einen Korb voll Eier dabei. Vermutlich hat sie sich da auch wieder mit dem Nachbarn getroffen, die beiden haben ein Techtelmechtel und ihr Treffpunkt ist der Hühnerstall. Ich habe sie schon das ein oder andere Mal dabei erwischt und mittlerweile hat die Oma auch gar keine Skrupel mehr sich dabei erwischen zu lassen. Selbst die Mama hat die beiden schon mal gesehen, wie sie sich hinter dem Hühnerstall geküsst haben.

Meine Mama war empört, doch da meine Oma sich grundsätzlich nichts sagen lässt, hat meine Mama es aufgegeben sich über sie aufzuregen. Es hat keinen Zweck meiner Oma Vorschriften zu machen. Sie ist ein alter Dickschädel und macht grundsätzlich nur das, was sie möchte.

Während Sebastian sich zu meinem Bruder an den Grill gesellt, folge ich meiner Mama in die Küche. Die Salate stehen schon alle fertig auf dem Esstisch. Ich hole Teller und Besteck aus dem Schrank, während die Mama noch selbstgemachte Soßen aus dem Kühlschrank holt.

„Dass du heute den Sebastian mitgenommen hast?“, fragt sie scheinheilig.

„Wir waren heute Nachmittag im Freibad und da du ja immer sagst, ich soll ihn zum Essen mitbringen, habe ich mir gedacht ich frage ihn einfach ob er Zeit hat“, antworte ich schulterzuckend.

Natürlich sage ich ihr nicht, dass ich mich außerordentlich gut mit Sebastian amüsiert habe. Das würde nur wieder ihre Wunschphantasien anheizen. Dennoch muss ich gestehen, dass ich den Tag heute tatsächlich genossen habe. Vermutlich liegt es einfach daran, dass wir uns schon so lange kennen und durch die tägliche Arbeit miteinander habe ich mich schon so an ihn gewöhnt, dass ich ihn fast schon ins Herz geschlossen habe und selbst seine blöden Sprüche akzeptiere. Ich glaube mittlerweile habe ich mich schon so an seine Art gewohnt, dass ich gar nicht mehr ohne könnte.

„In letzter Zeit versteht ihr euch ganz gut oder?“, fragt meine Mama mit einem Lächeln auf den Lippen.

„Was willst du denn damit schon wieder andeuten?“, entgegne ich seufzend.

„Gar nichts“, grinst sie zufrieden und nimmt zwei Salatschüsseln, bevor sie die Küche verlässt.

Ich nehme die Teller und das Besteck, bevor ich ihr stöhnend folge. Draußen stehen die Männer mit einem Bier bewaffnet um den Grill herum und Sebastian hält die Grillzange in der Hand, was ihn als Grillmeister identifiziert.

Die Oma sitzt in ihrem Stuhl, hat die Lehne etwas zurückgestellt und die Augen geschlossen. Sie schnarcht, was bedeutet, dass sie bereits schläft. Noch nicht einmal das Klappern des Geschirrs scheint sie dabei zu stören, denn ihr Schnarchen nimmt stetig zu.

Während ich die Teller und das Besteck verteile, holt die Mama die restlichen Salate. Die Männer prosten sich zu und dabei klirren die Bierflaschen laut.

„Magst du auch ein Radler zum Essen?“, fragt mich die Mama.

„Ja, gerne“, entgegne ich.

Bevor sie wieder im Haus verschwindet, wirft sie einen Blick auf die Oma, die genau in dem Moment einen tiefen Schnarcher tut. Die Mama schüttelt schmunzelnd den Kopf, bevor sie wieder durch die Haustür verschwindet.

Als die Mama zurückkommt, setzen wir uns an den Tisch und prosten uns zu. Das kühle Radler schmeckt köstlich und auch ich lehne mich im Stuhl zurück und genieße den lauen Sommerabend.

Die Oma schnarcht so stark, dass ich fast den Eindruck habe, als würde sie gleich ersticken. Ich wechsle mit der Mama einen Blick, während die Männer davon nichts mitbekommen, weil sie am Grill stehen und sich um das Fleisch kümmern. Oder besser gesagt, sie trinken Bier und wenden ab und an das Fleisch. Hoffentlich werden das keine Briketts.

Plötzlich richtet sich die Oma abrupt auf.

„Wer schnarcht denn da so laut?“, ruft sie mit geweiteten Augen.

Verwundert sehen wir sie an und wechseln anschließend einen überraschten Blick, während wir in schallendes Gelächter ausbrechen. Die Oma schaut ziemlich bedröppelt drein, bevor ihr offensichtlich klar wird, dass sie es selbst war, die so laut geschnarcht hat.

Ihr Mundwinkel heben sich ebenfalls und mit einem Mal lacht sie so laut, wie sie kurz zuvor noch geschnarcht hat.

„Jetzt hab ich mich doch glatt selbst mit dem Schnarchen geweckt“, prustet sie, während sie sich mit ihrer Hand auf den Schenkel klopft.

Wir ernten von den Männern fragende Blicke, denn sie haben nicht mitbekommen, was uns so erheitert. Doch keiner von ihnen fragt nach, sondern nach wenigen Augenblicken wenden sie sich wieder dem Grill zu.

„Kommts mal mit den Tellern, das Fleisch ist fertig!“, ruft der Papa nach einer Weile, als hätte er die Verantwortung über das Grillgut.

Dabei hat er weder den Grill angeheizt, noch ein einziges Mal die Grillzange in der Hand gehabt. Mein Papa trägt wie es scheint lediglich die Verantwortung und seine Flasche Bier.

Ich schnappe mir die leere Auflaufform, die meine Mama für das gegrillte Fleisch bereitgestellt hat und gehe zu ihnen. Während Sebastian mir das Fleisch auflädt, gehen mein Bruder und Papa zum Tisch.

„Du bist ja wirklich ein Grillmeister“, lobe ich ihn, weil es aussieht, als wäre es auf den Punkt gebraten.

„Natürlich“, entgegnet er mit stolz geschwellter Brust. „Eben ein Mann zum Heiraten.“

Meine Augenbrauen heben sich in die Stirn, denn an seiner Miene kann ich nicht erkennen, ob er das ernst meint oder nur wieder einen seiner Witze macht.

17. Kapitel

12. August, morgens halb acht in Passau

„Wir haben sie!“, ruft Sebastian freudig, als ich das Büro betrete.

Offensichtlich fällt der Morgengruß heute aus.

„Guten Morgen, Herr Greiner“, entgegne ich oberlehrerhaft. „Wen haben wir?“

„Die blonde Fitnesstussi und ihren Freund“, erwidert Sebastian aufgebracht.

„Echt? Wo hat man sie gefunden?“

„Sie wollten in einer Nacht und Nebelaktion über die Grenze nach Polen. Ihr Auto war bis oben hin vollgepackt mit ihren Sachen und man hat einen Haufen Bargeld bei ihnen gefunden.“

„Können wir sie schon vernehmen?“, frage ich hoffnungsvoll.

Plötzlich ist meine morgendliche Müdigkeit verschwunden und ich fühle mich voller Tatendrang.

„Sie sagt nichts ohne ihren Anwalt. Der ist schon auf dem Weg. Sobald er da ist, können wir loslegen.“

„Und ihr Freund?“, hake ich nach.

„Der hat einen eigenen Anwalt. Der ist ebenfalls schon unterwegs. Mal sehen, welcher der beiden schneller hier ist und wen wir dann zuerst befragen können.“

„Wurde das ganze Geld von Frau Laumer bei ihnen gefunden?“, hake ich nach.

„Nein, es fehlen etwa zehntausend. Vermutlich haben sie die schon auf den Kopf gehauen.“

„Wenn ich mir vorstelle, dass die beiden diese arme Frau erst ausgenommen und dann ertränkt haben…“

Ich schüttle den Kopf und versuche die schrecklichen Gedanken nicht überhand nehmen zu lassen.

„Wenn sie es waren, haben wir es mit einem Gaunerpärchen zu tun“, brummt Sebastian.

„Womöglich ist ja Frau Laumer nicht ihr erstes Opfer“, vermute ich.

Vielleicht hat ja die blonde Fitnessbraut schon vorher ihren perfiden Plan mit einem willigen Kumpan durchgezogen.

„Kann es sein, dass die Frau erst nach Passau gezogen ist?“, frage ich bei Sebastian nach.

„Du meinst, sie hat vielleicht schon vorher gemordet?“

Sebastians Augen weiten sich, denn offensichtlich findet er meinen Gedanken gar nicht so abwegig.

„Vielleicht nicht gemordet, aber womöglich Leute auf diese Weise ausgenommen“, antworte ich ihm.

Sebastian tippt auf seiner Tastatur, während ich meinen Computer erst noch hochfahren muss.

„Frau Sommer ist vor einem halben Jahr nach Passau gezogen. Vorher hat sie in Hamburg gelebt“, liest Sebastian mir vor.

„Gibt es da ungelöste Fälle, die unserem gleichen?“, frage ich nach und verfluche meinen Computer, weil es ewig dauert, bis er einsatzbereit ist.

„Das glaubst du nicht!“, ruft er plötzlich. „Die Frau wurde wegen Heiratsschwindel bereits verurteilt. Allerdings hat sie die Männer nicht umgebracht, sondern sie lediglich um einige Tausend Euro erleichtert.“

„Eine Heiratsschwindlerin, ich fasse es nicht“, murmle ich. „Aber wie es scheint hat sie ihre Taktik geändert.“

„Ja, offensichtlich hatte sie Angst erneut erwischt zu werden. Deshalb hat sie sich einen Freund gesucht, den sie auf ältere Frauen angesetzt hat“, sagt Sebastian kopfschüttelnd.

„Und nicht zu vergessen, sie hat dafür gesorgt, dass die arme Frau Laumer es nicht überlebt.“

„Vermutlich wollte sie keine Zeugen, die sie und ihren Komplizen anzeigen könnten.“

„Ich bin ja echt schon gespannt, wie diese Frau Sommer sich herausredet“, erwidere ich.

„Vielleicht versucht sie ja alles ihrem Freund in die Schuhe zu schieben“, vermutet Sebastian.

„Zuzutrauen wäre es ihr“, stimme ich zu.

„Frau Sommer wäre jetzt soweit“, informiert uns ein Kollege, als er den Kopf zur Tür hereinsteckt.

„Na dann!“, ruft Sebastian und springt voller Tatendrang regelrecht von seinem Stuhl auf.

„Ich kann es kaum erwarten zu hören, was sie zu sagen hat“, stimme ich ihm zu.

Wir machen uns auf den Weg in den Verhörraum. Dort erwartet uns Frau Sommer, mit einem finsteren Gesichtsausdruck und ihre Anwältin, die mit ihrem strengen Dutt und der schwarzgerahmten Brille ihrem Beruf alle Ehre macht.

„Also Frau Sommer, ersparen Sie uns doch die Zeit und legen Sie einfach ein Geständnis ab“, schlage ich ihr vor.

„Es gibt für meine Mandantin keinen Grund ein Geständnis abzulegen, denn Sie hat damit nichts zu tun“, springt ihre Anwältin für sie in die Bresche.

„Womit genau?“, fragt Sebastian zynisch. „Mit dem Betrug oder dem Mord?“

„Mit keinem davon“, antwortet Frau Sommer schnippisch und verschränkt ihre Arme vor der Brust.

Ihre Anwältin wirft ihr einen warnenden Blick zu, womit sie ihr wohl andeuten möchte, dass sie das Reden ihr überlassen sollte. Frau Sommer senkt ihre Lider, was vermutlich einer Zustimmung gleichkommt.

„Meine Mandantin wusste nichts von den Machenschaften ihres Freundes.“

Ich bin mir ziemlich sicher, dass die bieder gekleidete Frau ihre Worte selbst nicht glauben kann. Aber natürlich muss sie ihre Mandantin verteidigen. So leicht wie wir es uns erhofft haben, wird es wohl nicht.

„Und von dem Geld im Gepäck wusste sie sicher auch nichts?“, frage ich sarkastisch.

„Nein, Herr Kuvec hat vollkommen alleine gehandelt. Er hat meine Mandantin in dem Glauben gelassen, dass er mit ihr in sein Heimatland gehen wollte, um dort mit ihr eine Familie zu gründen“, erklärt sie.

„Sie kennen doch die Vorgeschichte Ihrer Mandantin. Da fällt es uns reichlich schwer ihre Geschichte zu glauben“, sagt Sebastian mit hochgezogenen Brauen.

„Wenn Sie auf die Vorstrafe meiner Mandantin anspielen, dann möchte ich sie darauf hinweisen, dass sie ihre Strafe abgesessen hat.“

„Natürlich, trotzdem ist es schon sehr auffällig, dass nun offensichtlich der Freund Ihrer Mandantin Frau Laumer auf die gleiche Art betrogen hat. Der einzige Unterschied in den Vorgehensweisen, den wir bisher ausmachen konnten, liegt darin, dass Frau Laumer getötet wurde.“

Bei meinen Worten presst Frau Sommer ihre Lippen fest aufeinander und ich bin mir ziemlich sicher, dass sie genau weiß, wie sich die ganze Tat abgespielt hat. Entweder sie war es, die das Ganze geplant hat oder womöglich sogar den Mord ausgeführt hat.

„Meine Mandantin hatte ihrem Freund natürlich von ihrer Vorstrafe erzählt. Vielleicht hat er dies ja zum Anlass genommen, seine Tat ähnlich auszuführen.“

Eine Weile versuchen wir noch der Frau Sommer etwas zu entlocken, doch ihre Anwältin ist wie ein Wachhund, die ihr sofort ins Wort fällt, wenn unsere Verdächtige auch nur ansetzt sich zu den Vorwürfen zu äußern.

Die beiden Frauen sind fest entschlossen alles dem armen Trottel in die Schuhe zu schieben und ihn dafür büßen zu lassen.

„Wir haben eine Aussage von Ihrem Ex-Freund. Er hat sich von Ihnen getrennt, weil sie ihn dazu anstiften wollten ältere Damen zu verführen und auszunehmen“, versuche ich es mit unserem letzten Trumpf.

„Diese Aussage rührt von verletztem Stolz. Meine Mandantin hat ihm den Laufpass gegeben und nun möchte er sich auf diese Weise an ihr rächen.“

Die Anwältin ist wirklich nicht schlecht. Sie reagiert auf alles sofort und findet immer eine logische und nachvollziehbare Erklärung. Ich weiß zwar nicht, was diese Frau in der Stunde nimmt, aber für meine Begriffe ist sie wohl jeden Euro wert.

18. Kapitel

12. August, vormittags halb zehn in Passau

Wir gönnen uns noch einen Kaffee, bevor wir uns auf den Weg zu Herrn Kuvec machen, um ihn mit den Anschuldigungen seiner Freundin zu konfrontieren und seine Weise der Geschichte zu hören. Doch wenn er keinen verdammt guten Anwalt hat oder aussagekräftige Beweise in petto, dann wird er wohl den Kürzeren ziehen.

„Sie liefert ihn ohne mit der Wimper zu zucken ans Messer“, sage ich kopfschüttelnd.

„Ja, so sind sie die Frauen“, entgegnet Sebastian seufzend. „Nur darauf bedacht ihre eigene Haut zu retten.“

„Du tust ja gerade so, als wären alle Frauen so“, sage ich vorwurfsvoll.

„Dass Frauen oftmals skrupelloser sind als Männer, das sollte dir aufgrund unseres Berufs bekannt sein.“

So unrecht hat er da leider nicht. Manchmal bin ich wirklich erschrocken darüber, wie grausam Frauen sein können, dabei traut man das im Allgemeinen doch viel eher den Männern zu.

Wir leeren unsere Kaffeetassen und ich sehe ihn auffordernd an.

„Bereit für die zweite Runde?“, fragt er.

„Klar, ich bin schon gespannt, wie der arme Kerl reagiert, wenn er erfährt, dass seine Freundin ihm die ganze Schuld in die Schuhe schiebt.“

„Ob wir je erfahren, wie sich alles genau zugetragen hat?“, murmelt Sebastian.

„Na ja, ich möchte ja nicht vorschnell urteilen. Allerdings glaube ich, dass wir die Wahrheit am ehesten von Herrn Kuvec erfahren.“

Sebastian nickt zustimmend, bevor wir das Büro verlassen und in den Verhörraum zurückkehren.

Der Anwalt von Herrn Kuvec ist uns bekannt. Er ist mit Sicherheit nicht so gut, wie der von Frau Sommer, was vermutlich daran liegt, dass Herrn Kuvec nicht so viele finanzielle Mittel zur Verfügung stehen.

„Also Herr Kuvec, dann erzählen Sie uns doch mal, warum Sie mit Frau Sommer in einer Nacht und Nebel Aktion das Land verlassen wollten und dabei noch eine ganze Menge Bargeld an Board hatten.“

Bei meinen Worten sieht Herr Kuvec seinen Anwalt hilfesuchend an. Dieser scheint etwas überfordert zu sein und räuspert sich unbeholfen.

„Mein Mandant wollte mit seiner Freundin seine Heimat besuchen und mit ihr dort eine Weile leben. Sie haben das Geld für diese Reise lange gespart“, erklärt er schließlich.

„Dann können Sie ja sicherlich nachweisen, dass Sie das Geld von Ihrem Konto abgehoben haben“, sagt Sebastian.

Erneut wechselt der Anwalt einen unsicheren Blick mit seinem Mandanten. Dieser schüttelt kaum merklich den Kopf. Die beiden haben sich im Vorfeld definitiv nicht gut abgesprochen, was eindeutig an der Inkompetenz des Anwalts liegt.

„Mein Mandant und seine Freundin hatten das Geld zu Hause aufbewahrt.“

„In einer solchen Größenordnung?“, frage ich zweifelnd. „Unter der Matratze oder was?“

„Es ist ja wohl meinem Mandanten überlassen, wie er sein Geld aufbewahrt.“

„Natürlich, aber zumindest muss er uns sagen können, wo er das viele Geld herhat“, sagt Sebastian.

„An seinem Teil spart er schon viele Jahre. Es wurde in kleinen Beträgen zusammengetragen. Außerdem hat er sämtliche Geldgeschenke zu Geburtstagen und Weihnachten beiseitegelegt.“

Natürlich lügt der Anwalt, dass sich die Balken biegen, doch wir spannen die beiden noch etwas auf die Folter, bevor wir ihnen eröffnen, dass die liebe Frau Sommer ihren Freund mit ihrer Aussage schwer belastet hat.

„Kannten Sie Frau Laumer?“, frage ich ihn schließlich.

„Nur flüchtig. Wir haben uns ein paarmal gesehen, als ich meine Freundin vom Fitnessstudio abgeholt habe“, antwortet er, nachdem ihm sein Anwalt zugenickt hat.

„Also hatten Sie keine Affäre mit ihr?“, hakt Sebastian nach.

„Natürlich nicht“, erwidert er mit einem heftigen Kopfschütteln.

Ich wechsle mit Sebastian einen verschwörerischen Blick. Es ist wohl an der Zeit die Bombe platzen zu lassen.

„Tja, Frau Sommer hat uns die Geschichte leider ganz anders erzählt“, eröffnet Sebastian und lehnt sich in seinem Stuhl zurück, während er die Arme vor der Brust verschränkt.

Herr Kuvec runzelt die Stirn und man sieht ihm an, dass es in seinem Kopf anfängt zu rattern. Vielleicht hatte er es schon befürchtet, dass seine Freundin ihm vielleicht in den Rücken fallen könnte. Spätestens jetzt hat er Gewissheit.

„Was genau hat denn Frau Sommer erzählt?“, hakt der Anwalt misstrauisch nach.

Die Augen von Herrn Kuvec verengen sich und er sieht aus, als könnte er sich schon denken, dass gleich der Himmel über ihn hereinbricht.

„Sie hat uns darüber in Kenntnis gesetzt, dass Sie mit Frau Laumer ein Verhältnis angefangen haben, um sie um ihr Geld zu betrügen. Anschließend haben sie sich ihrer entledigt und Frau Sommer überredet, mit Ihnen das Land zu verlassen“, eröffnet ihm Sebastian.

„Sie hat was?“, ruft er aufgebracht. „Das glaube ich Ihnen nicht.“

Er schüttelt den Kopf.

„Frau Sommers Aussage wird gerade in Papierform gebracht. Anschließend muss sie diese nur noch unterschreiben, dann kann ich sie Ihnen gerne vorlegen“, versichere ich ihm.

„Das ist nur ein Trick von Ihnen. Sie wollen uns gegeneinander ausspielen.“

„Dann gibt es also etwas das Sie uns verschweigen?“, hake ich nach.

„Nein, wieso?“, fragt er irritiert.

„Na, weil wir Sie doch sonst nicht gegeneinander ausspielen könnten.“

Bei meinen Worten sieht Herr Kuvec hilfesuchend zu seinem Anwalt, der offensichtlich bereits im Feierabendmodus ist. Irgendwie kommt der Mann mir abwesend vor. So, als wäre er gar nicht richtig bei der Sache.

„Mein Mandant bleibt dabei. Er hatte weder mit Frau Laumer selbst, noch mit ihrem Tod etwas zu tun. Solange Sie uns keine stichhaltigen Beweise vorlegen können, wäre es an der Zeit meinen Mandanten gehenzulassen.“

„Die Aussage von Frau Sommer belastet Ihren Mandanten schwer. Daher bleibt Ihr Mandant vorerst bei uns“, entgegnet Sebastian entschlossen und steht auf.

Er wartet gar nicht auf die Reaktion des Anwalts, sondern lässt ihn links liegen. Bis morgen können wir den Kerl auf jeden Fall hier festhalten und wie es aussieht, hat sein Anwalt auch keine Einwände dagegen. Zumindest lässt er uns von dannen ziehen, ohne weitere Forderungen zu tätigen.

„Und jetzt?“, frage ich Sebastian, als wir den Verhörraum verlassen haben und auf dem Weg in unser Büro sind.

„Lassen wir den Kerl eine Nacht in der Zelle schmoren und legen ihm morgen die Aussage seiner Freundin vor“, antwortet er.

„Vielleicht lässt ihn das seine Situation überdenken und wenn er mit eigenen Augen sieht, was seine Freundin ausgesagt hat, dann wird er sie wohl nicht länger decken.“

„Davon gehe ich auch aus. Bis dahin durchsuchen wir die Wohnung des Mannes. Mit etwas Glück finden wir auch den Badeschaum, der in Frau Laumers Lunge gefunden wurde.“

„Dann kann er sich jedenfalls nicht mehr rausreden“, sage ich entschlossen.

19. Kapitel

12. August, nachmittags halb drei in Passau

Wir haben den Durchsuchungsbefehl für Herrn Kuvac und Frau Sommers Wohnung. In beiden Wohnungen nehmen wir Proben der vorhandenen Badezusätze und suchen nach Bargeld oder weiteren Hinweisen, die uns in dem Mordfall weiterbringen könnten.

„Priorität haben die Proben von den Badezusätzen“, sagt Sebastian zu einer Kollegin der Spurensicherung, die alles gerade eintütet. „Sobald ihr da Ergebnisse habt, lasst es uns wissen!“

Ich sehe mich im Schlafzimmer von Herrn Kuvec um, denn wenn er wirklich mit Frau Laumer eine Affäre hatte, dann werden die beiden hier ihre Zeit verbracht haben. Mit Handschuhen geschützt schlage ich die Bettdecke zurück. Die Matratze ist durchgehend, somit gibt es auch keine Ritze, in der sich etwas verstecken könnte.

Anschließend gehe ich auf die Knie, um unter dem Bett nachzusehen. Leider liegt darunter nicht mal ein Staubkörnchen. Entweder ist der Mann ein Sauberkeitsfanatiker oder hier wurde extra geputzt, um Spuren zu beseitigen.

Auch im Nachtkästchen ist nichts, was einen Hinweis auf eine Affäre mit Frau Laumer geben würde. Seufzend schlendere ich durch das Zimmer und sehe auch in sämtlichen Ecken nach. Anschließend kehre ich zurück zum Bett. Was würde ich tun, wenn ich verheiratet wäre, aber eine Affäre hätte?

Auf jeden Fall würde ich meinen Ehering ablegen, aber nicht zu Hause, denn da würde ihn mein Ehemann finden und sich vielleicht fragen, warum ich ihn nicht trage. Also würde ich ihn erst abnehmen, wenn ich das Haus verlassen hätte.

Vielleicht hat sie ihn in ihre Tasche geschoben, wo er jedoch nicht gefunden wurde. Natürlich könnte dieser auch in der Donau verlorengegangen sein. Oder sie hat ihn erst hier in der Wohnung abgenommen, wo er entweder von Herrn Kuvec und Frau Sommer entsorgt wurde oder in irgendeiner Ritze verschwunden ist.

Ich gehe zurück ins Wohnzimmer, wo sich gerade zwei Kollegen der Spurensicherung daran machen, die Couch abzusuchen. Sie lassen dabei keine Ritze aus.

„Habt ihr schon was gefunden?“, hake ich nach.

„Nein, nichts“, entgegnen sie kopfschüttelnd.

Seufzend gehe ich zurück ins Schlafzimmer. Etwas in mir hält mich in diesem Raum, als müsse ich hier weitersuchen. Mittlerweile machen sich schon die Kollegen der Spurensicherung über das Bett her. Sie untersuchen jeden Millimeter der Bettwäsche und

Matratze und tüten jedes Haar und jede Hautschuppe ein.

Sollte sich Frau Laumer in diesem Bett getummelt haben, dann werden wir ihre DNA finden, doch leider befürchte ich, dass unser Mörderpärchen exakt gearbeitet hat. So wie es aussieht ist das Bett frisch bezogen und ich befürchte, dass wir nichts finden das die beiden belastet.

Mein Blick fällt erneut auf das Nachttischkästchen und ich sehe einen kleinen Schlitz zwischen ihm und dem Bett. Kurzerhand ziehe ich daran, bis ein Blick dahinter möglich ist.

„Sieh mal einer an“, sage ich erfreut, denn tatsächlich liegt dahinter ein goldener Ring, der einem Ehering gleicht.

Ich beuge mich vor, um ihn mit meinen behandschuhten Fingern aufzuheben. Anschließend sehe ich ihn mir genauer an. Es ist ein Vorname und ein Datum eingraviert, was den Ring eindeutig als Ehering enttarnt.

„Der Vorname passt schon mal, wenn es sich beim Datum jetzt noch um das Hochzeitsdatum der Laumers handelt, dann würde ich sagen, wir haben einen Volltreffer gelandet“, sage ich triumphierend.

Ich hole eine Tüte aus der Tasche und verstaue den Ring darin. Anschließend gebe ich es meinem Kollegen zur Beschriftung. In diesem Moment kommt Sebastian zur Tür herein.

„Bitte sagt mir, dass ihr wenigstens was gefunden habt!“, sagt er beinahe flehend.

„Einen Ehering mit Herrn Laumers Vorname“, erwidere ich triumphierend.

„Nein“, ruft er freudig. „dann war es doch Der Kuvec und ich dachte schon, wir finden gar keine Beweise.“

„Im Badezimmer auch nichts?“, hake ich nach.

„Weder Duschgel noch Badeschaum und das Bad ist so sauber geputzt, als hätte es jemand mit dem Hochdruckreiniger durchgespült“, antwortet er.

„Dann wurde sie in diesem Bad ertränkt und das Verbrecherpärchen hat alle Spuren weggeputzt.“

Sebastian nickt bei meinen Worten.

„Aber mit dem Ring haben wir etwas in der Hand. Da kann er sich nicht mehr rausreden.“

„Er nicht, aber das bestärkt die Aussage von Frau Sommer noch mehr. Ich fürchte, die kommt am Ende noch ungeschoren davon, obwohl sie das alles eingefädelt hat.“

„Vielleicht finden wir ja in ihrer Wohnung noch einen Hinweis, der sie belastet“, murmelt Sebastian, der offensichtlich auch nur halbherzig daran glaubt.

Nachdem wir bei Herrn Kuvec zusammengepackt haben, beginnt nun das gleiche Spiel bei Frau Sommer in der Wohnung. Erneut beginne ich mit zwei Kollegen im Schlafzimmer, während Sebastian im Bad anfängt.

Als erstes sehe ich hinter dem Nachttisch nach, wo ich natürlich nichts finde. Wäre ja auch zu schön gewesen, wenn dies gleich nochmal funktioniert hätte. Dieses Bett ist nicht frisch bezogen und das allein ist ein Hinweis darauf, dass Frau Laumer nie in dieser Wohnung war. Herrn Kuvecs Wohnung war nicht umsonst so penibel sauber. Dort hat man versucht Spuren zu beseitigen, während es hier keine Spuren gibt, die man beseitigen müsste.

Frau Sommer ist gewieft und ziemlich schlau, wenn man bedenkt, dass sie dafür gesorgt hat, dass alle Hinweise zu ihrem Freund führen und alles danach aussieht, als wäre sie völlig unwissend gewesen.

Ich unterstelle dieser Frau eine Menge kriminelle Energie. Nicht umsonst hat sie schon einiges an Erfahrung gesammelt und ist vorbestraft. Vermutlich hat sie dabei gelernt, welche Fehler man nicht machen darf, um nicht erwischt zu werden.

Nun hat sie es geschafft einen armen Idioten zu finden, den sie für ihre Zwecke benutzen konnte und jetzt liefert sie ihn ohne mit der Wimper zu zucken ans Messer. Wenn wir nichts finden das sie als Mittäterin überführt, wird der arme Kerl ganz alleine für die Taten geradestehen müssen.

„In dieser Wohnung ist absolut nichts, dass Frau Sommer auch nur im Geringsten belasten könnte“, brummt Sebastian, als er ins Schlafzimmer kommt.

„Vielleicht stimmt ja einer der Fingerabdrücke in der Wohnung mit denen von Frau Laumer überein“, entgegne ich.

„Ich wette Frau Laumer hat diese Wohnung nie betreten. Frau Sommer hatte zwar mit ziemlicher Sicherheit die Zügel in der Hand, aber ausgeführt hat den ganzen Plan Herr Kuvec“, sagt Sebastian zerknirscht.

Wie wir es auch drehen und wenden, wir können Frau Sommer nichts nachweisen. Es wurmt mich, dass sie mit dieser Hinterlist womöglich davonkommt. Wenn nicht noch ein Wunder geschieht, wird nur ein Täter für den Mord an der armen Frau büßen, während der andere davonkommt.

Manchmal ist das Leben einfach ungerecht.

20. Kapitel

13. August, morgens halb acht in Passau

„Guten Morgen“, sagt Sebastian gutgelaunt, als ich das Büro betrete.

„Warum bist du so gut drauf?“, frage ich misstrauisch, denn gestern nachdem wir die Wohnung von Frau Sommer verlassen haben, war er mies gelaunt.

„Die Spurensicherung hat etwas Unvorhergesehenes ergeben“, sagt er geheimnisvoll. „Ich habe den Bericht soeben gelesen.“

„Ach ja“, entgegne ich stirnrunzelnd. „Und was?“

Meine Neugier ist schier unermesslich, denn Sebastians Miene verrät mir, dass diese Neuigkeiten in unserem Fall ein Meilenstein sein könnten.

„Im Müll von Herrn Kuvec haben wir Sportklamotten gefunden.“

Mit hochgezogenen Brauen sehe ich ihn an, doch er macht keine Anstalten mit seiner Ausführung fortzufahren.

„Und, das ist nicht unbedingt außergewöhnlich“, sage ich schulterzuckend.

„Es war auch ein weibliches Sportshirt dabei.“

„Vermutlich von Frau Sommer, seiner Freundin.“

Er schmunzelt und sieht dabei aus dem Fenster.

„Jetzt sag schon endlich, was in dem verdammten Bericht steht!“, fordere ich ungeduldig.

Da ich es leid bin, mich von ihm an der Nase herumführen zu lassen, haue ich selbst in die Tastatur. Wenn er es mir nicht sagen möchte, was in dem Bericht steht, dann werde ich es eben selbst nachlesen.

„Schon gut, schon gut. Ich spanne dich nicht länger auf die Folter“, gibt er schließlich nach. „Auf den Klamotten wurden Rückstände von dem Badeschaum sichergestellt, der auch in der Lunge von Frau Laumer gefunden wurde. Somit kann Frau Sommer nicht mehr behaupten, sie wäre nicht beim Mord dabei gewesen.“

Mein Mund klappt auf und es dauert eine Weile, bis mir klar wird, dass sich diese Hexe damit ins Aus geschossen hat. So kriegen wir nicht nur ihren Liebhaber dran, sondern auch sie selbst.

„Oh bitte, darf ich ihr das sagen?“, frage ich mit flehender Miene.

Es wird mir eine Genugtuung sein, ihr unter die Nase zu reiben, dass sie einen riesigen Fehler begangen hat.

„Aber nur, weil du meine Lieblingskollegin bist“, entgegnet er mit einem verschmitzten Lächeln.

Wenn Sebastian so weitermacht, dann wird er mir noch richtig sympathisch. Am Ende behält meine Mama noch recht und er wäre der perfekte Partner für mich.

Ich schiebe den Gedanken so schnell wieder beiseite, wie er in meinem Gehirn aufgeploppt ist.

Wo kam das bloß her?

Schon eine Stunde später sitzen wir mit Frau Sommer und ihrer Anwältin im Verhörraum und legen den beiden unsere neuen Erkenntnisse vor.

„Ich kann alles gerne nochmal für Sie zusammenfassen", sagt Sebastian siegessicher. „Der Ehering von Frau Laumer wurde im Schlafzimmer Ihres Freundes gefunden und auf Ihrem Shirt befinden sich Spuren des Badewassers, in dem das Opfer ertränkt wurde. Jetzt wäre es wohl an der Zeit für ein Geständnis."

„Woher wollen Sie denn wissen, dass dieses Shirt meiner Mandantin gehört?", fragt die Anwältin und deutet auf das Foto.

Darauf ist das gefundene Kleidungsstück abgebildet ist, wie wir es im Müll gefunden haben.

„Ach ja, das habe ich vergessen", schmunzelt Sebastian und holt ein weiteres Foto aus der Akte.

Er schiebt es über den Tisch, damit die beiden einen Blick darauf werfen können.

„Hier sieht man die Vorderseite des Shirts. Es trägt ein Emblem des Fitnessstudios, in dem Ihre Mandantin arbeitet. Ach ja, und hier wurde ja auch noch ihr Vorname eingestickt."

Sebastians Stimme trieft regelrecht vor Genugtuung und auch ich kann nicht leugnen, dass es mich überaus freut, diese Mörderin hinter Gitter zu bringen.

Die Anwältin wirft ihrer Mandantin einen finsteren Blick zu. Es scheint, als hätte sie mit einer solchen Wendung nicht gerechnet.

„Dieser Vollidiot“, knurrt Frau Sommer. „Ich habe ihm gesagt, er solle unsere Klamotten verbrennen.“

„Frau Sommer, hatten wir nicht abgemacht, Sie sagen nichts ohne es vorher mit mir abzusprechen?“, sagt die Anwältin vorwurfsvoll.

„Warum denn?“, fragt sie genervt. „Die haben meine Klamotten gefunden.“

Die Anwältin rollt mit den Augen und schüttelt den Kopf.

„Mandanten wie Sie machen mir immer wieder das Leben schwer und verschandeln meine Erfolgsquote“, sagt sie vorwurfsvoll.

Also mit dieser Anwältin ist nicht zu spaßen. Die hat wahrlich Haare auf den Zähnen.

„Wieso erzählen Sie uns nicht einfach, wie sich alles abgespielt hat?“, frage ich Frau Sommer. „Ansonsten müssten wir erst mit Herrn Kuvec sprechen, doch dann ist ein Geständnis von Ihnen nicht mehr so viel wert.“

Frau Sommer sieht zu ihrer Anwältin, die warnend den Kopf schüttelt.

„Mein Plan war perfekt, aber dieser Volltrottel hat alles zerstört“, ruft Frau Sommer schließlich außer sich.

„Sie wollen sich also unbedingt um Kopf und Kragen reden?“, fragt die Anwältin vorwurfsvoll und wirft ihre Arme in die Luft. „Dann aber bitte ohne mich. Ich lege das Mandat nieder. Mein letzter juristischer Rat an Sie, suchen Sie sich schleunigst einen neuen Anwalt, bevor Sie weitersprechen. Ich kann Sie ja offensichtlich nicht davon abhalten.“

Die Anwältin springt auf und verlässt schnaubend den Verhörraum. Mann, diese Frau ist wirklich nur auf Erfolg bedacht und sobald sich die Karten für sie verschlechtern, wirft sie das Handtuch. Das ist doch auch keine Art!

Sebastian sieht der Anwältin mit offenstehendem Mund nach. Offensichtlich hat er Derartiges auch noch nicht erlebt und die Kälte dieser Frau raubt ihm wohl die Stimme.

„Blöde Kuh!“, ruft Frau Sommer ihrer ehemaligen Anwältin nach.

Für einen Moment sind wir etwas sprachlos. Die fliegt mit einem lauten Knall ins Schloss, bevor wir uns wieder Frau Sommer zuwenden.

„Sollen wir unser Gespräch vertagen?“, frage ich sie, denn ich gehe davon aus, dass sie sich erst einen neuen Rechtsbeistand suchen möchte.

„Ach, was soll´s. Der Trottel hat dafür gesorgt, dass wir aus der Sache sowieso nicht rauskommen, da kann ich Ihnen auch alles erzählen“, erwidert sie starrsinnig.

Erwartend sehen wir sie an, denn damit haben wir nun wahrlich nicht gerechnet.

„Die Alte wollte oder konnte nicht mehr Geld locker machen. Also mussten wir sie loswerden. Immerhin wusste ich was geschieht, wenn sie anfängt zu reden."

„Also haben Sie den Mord an Frau Laumer geplant?"

„Ich habe die gute Frau nicht ertränkt", entgegnet sie schnippisch und verschränkt die Arme vor der Brust. „Ich habe lediglich dem Trottel dabei geholfen die Leiche zu entsorgen und die Spuren zu beseitigen. Der Kerl ist leider nicht gerade helle und war etwas überfordert mit der Situation."

„Herr Kuvec hat also Frau Laumer zu sich in die Wohnung gelockt, um sie in der Badewanne zu ertränken?", hake ich nach.

„Zuerst hat er sie noch ins Bett gelockt. Als sie anschließend ein Bad genommen hat …"

Sie zuckt gleichgültig mit den Schultern, als wäre es ihr vollkommen egal, was der armen Frau Laumer zugestoßen ist.

„Und dann haben Sie Frau Laumer angezogen und in der Donau entsorgt?", fragt Sebastian.

„Da ein Gewitter aufzog, hielt ich es für eine gute Idee, es wie einen Unfall aussehen zu lassen", gesteht sie. „Wer hätte schon ahnen können, dass uns das Badewasser zum Verhängnis wird."

„Das wurde Ihnen klar, als wir zu Ihnen ins Fitnessstudio kamen oder?“

„Sie sprachen von Mord und nicht von einem Unfall.“

„Darum haben Sie uns auf die falsche Fährte mit Ihrem Kollegen geführt“, entgegne ich vorwurfsvoll.

„Der Plan wäre perfekt gewesen, wenn der Volltrottel die Klamotten verbrannt hätte, so wie ich es ihm aufgetragen habe“, knurrt Frau Sommer.

Ihr Blick verdunkelt sich und ganz sicher würde sie Herrn Kuvec jetzt am liebsten den Hals umdrehen. Ein Glück für ihn, dass er sich in einer Zelle befindet. Dort droht ihm keine Gefahr.

Anstandslos unterschreibt Frau Sommer ihr Geständnis und somit ist der Fall für uns abgeschlossen. Nun nehmen wir nur noch Herrn Kuvecs Aussage auf und anschließend müssen die Anwälte und Richter entscheiden, welches Strafmaß für die beiden angemessen ist.

„Auch wenn dieser Fall etwas kurios war, haben wir ihn letztendlich doch schnell lösen können. Was hältst du davon, wenn wir jetzt ausgiebig frühstücken gehen?“, fragt Sebastian.

„Ich bin dabei“, stimme ich sofort zu.

Sebastian legt seine Hand auf meinen Rücken, als er mir die Tür aus unserem Büro aufhält. Seine Geste löst ein ungewöhnliches Gefühl in mir aus, das mich kurzzeitig etwas aus dem Konzept bringt. Unsere Blicke kreuzen sich und für den Bruchteil einer

Sekunde ist da etwas in seinen Augen, das ich noch nicht gesehen habe.

Seine Mundwinkel heben sich zu einem Lächeln, bevor er mich mit sanftem Druck durch die Tür schiebt. So wie es aussieht brauche ich einen Kaffee mit Schuss, vielleicht bringt der mich wieder in die Spur.

„Alles klar?“, fragt Sebastian mich stirnrunzelnd.

„Natürlich“, antworte ich hastig und lege beim Weg durch das Revier zum Ausgang einen Schritt zu. „Komm schon! Ich habe Hunger.“

ENDE

Vielen Dank,

für den ehrlichen Erwerb meines Buches. Ich hoffe du hattest wieder Spaß mit der Huberin.

Falls dir die Geschichte gefallen hat und du dir die Zeit nehmen würdest eine Rezension zu schreiben, würde ich mich sehr freuen.

Deine Elisa Lark

Glossar

Watschn:	Ohrfeige
Zug´reister:	Dorfbewohner, der ursprünglich aus einer anderen Stadt kommt und nicht im Dorf aufgewachsen ist.
Grantler/in:	schlecht gelaunter Mann/Frau
Bulldog:	Traktor
Geh´ ma!:	Aufforderung gemeinsam zu gehen. (Wörtlich übersetzt: Lass uns gehen!)
fesch:	hübsch
Madl:	Mädchen/junge Frau
g´schleckert:	anspruchsvoll, nichts ist gut genug
Goaßmaß:	Mischung aus dunklem Bier, Cola und Kirschlikör.

Alles zusammen in einem Maßkrug serviert.

ansitzen: Bezeichnung für das Warten auf dem Hochsitz, bis das Wild erscheint.

Bratzen: abwertendes Wort für Hände/Finger

Auszog´ne: Ausgezogene Krapfen/Küchle. Ein Hefeteig, wahlweise mit Rosinen, der in kleine Rundlinge geformt und anschließend so mit den Händen gezogen wird, dass in der Mitte der Teig nur noch sehr dünn und der Rand dicker ist. Anschließend werden die Teiglinge im Fett ausgebacken.

Bua: junger Bursche/Junge

Reindl: Auflaufform meist für deftige Braten oder Rohrnudeln

Dodara:	Tattergreis
Schratzn:	Begriff für unliebsame Kinder
Mistbritschn:	Begriff für hinterlistige, bösartige Frau
Schnitzer:	grobe Fehler
Gickerl:	Hühnchen
Tratsch:	Gerede
schiach:	hässlich
Schafkopf, Watten:	Kartenspiele
Schwammerlsuppe:	Pilzsuppe
lagg:	abgestanden
Kanapee:	Sofa, Couch
ausschinden:	arbeiten bis zur Erschöpfung
Kanapee:	Sofa, Couch

Bissgurke: anstrengende, nervige Frau

Gspusi: Techtelmechtel, Liebste(r)

Apfelreinstriezel: kleine Apfeltaschen in einer Auflaufform

Gspusi: Liebschaft

Hosentürlwetzer: langsamer Tanz

zwider schauen: böse Blicke

Wenn ihr wissen wollt, wie es der Huberin in Zukunft in Oberhunding ergeht und ob es weitere Mordfälle in dem beschaulichen Ort geben wird, dann haltet die Augen nach ihrem nächsten Fall offen. Infos und Neuigkeiten gibt's auf meiner Facebook-Seite.

Das Böse schläft nie …

In diesem Sinne, bis zum nächsten Mal!

Leseprobe

Elisa Lark

Mit vollem Magen stirbt sich´s leichter

Provinzkrimi

Kurzbeschreibung

Eigentlich hatte sich der frisch pensionierte Polizist Karl Ramsauer vorgenommen den Ruhestand in vollen Zügen zu genießen. Doch dann wird die Metzgerei seines Freundes Xaver Leitner geschlossen, weil angeblich der Leberkäse für Erkrankungen und sogar einen Todesfall verantwortlich sein soll. Ausgerechnet jetzt befindet sich auch noch Ramsauers Ehefrau auf einem Gesundheitstrip und setzt ihm nur noch Grünzeug vor. Karl beschließt den Täter selbst ausfindig zu machen, um endlich wieder in den Genuss des Leitner Leberkäses zu kommen.

1. Kapitel

07. November, abends halb sechs in Niederhaibach

„Seit du in Pension bist, könnt ich dir in regelmäßigen Abständen den Hals umdrehen“, murmelt meine Frau Rosi.

Wir sind seit über vierzig Jahren verheiratet und immer recht gut miteinander ausgekommen. Mein Ruhestand stellt sich allerdings als besondere Herausforderung dar. Während meine Frau es gewohnt ist den ganzen Tag alleine zu verbringen und ich immer erst zum Abendessen heimgekommen bin, nervt sie nun meine blanke Anwesenheit.

Sie ist der Meinung, dass die Rente nicht bedeutet, die Zeit auf dem Sofa vor dem Fernseher zu verbringen. Doch was sollte ich schon groß tun?

Ich habe mein ganzes Leben damit verbracht Kriminelle zu jagen. Da ich in meinem Beruf aufgegangen bin, habe ich mir auch keine Hobbys zugelegt, denen ich mich nun ausgiebig widmen könnte. Daher leiste ich meiner Frau Gesellschaft, die dies jedoch so gar nicht leiden kann.

„Wieso denn?“, frage ich völlig unschuldig. „Ich wollte doch nur sehen, was es zu Essen gibt.“

Sie rollt mit den Augen und stößt genervt den Atem aus.

„Ich habe dir schon hundertmal gesagt, dass ich es nicht leiden kann, wenn du in meine Töpfe schaust“, knurrt sie vorwurfsvoll.

Ja, das hat sie wirklich. Schon vor vielen Jahren wäre sie mir beinahe an die Gurgel gesprungen, weil ich den Deckel des Topfes gehoben habe, in dem sich die Dampfnudeln befanden. Ich brauche hier wohl nicht auszuführen, was geschieht, wenn man das tut, bevor diese fertig sind. Während ich dabei zusah, wie die Teile in sich zusammenfielen, war mir klar, dass es Ärger geben würde.

Rosi hatte mir damals unterstellt, dass ich dies mit Absicht getan hätte, weil ich die Dinger nicht leiden kann. Genau genommen bevorzuge ich Essen, welches früher einmal geatmet hat. Ich liebe Fleisch und kann auf Grünzeug und Mehlspeisen getrost verzichten.

„Was regst dich denn auf? Sind ja gar keine Dampfnudeln drin.“

Allerdings ist das was sich darin befindet nicht wirklich besser. Es sieht aus, als hätte es schon mal einer gegessen und hat eine unappetitlich grüne Farbe.

„Was ist das eigentlich?“, frage ich angewidert.

„Gemüseeintopf“, antwortet sie knapp.

„Rosi, du weißt doch, dass ich dieses gesunde Zeug nicht mag“, sage ich beinahe verzweifelt.

Allein der Geruch vertreibt mir jeglichen Appetit.

„Das mag ja sein, aber es ist gesund und wenn du dich weiterhin von vorwiegend rotem Fleisch ernährst, dann kriegst du bald einen Herzinfarkt.“

„Na ja, bevor ich mich von diesem ungenießbaren Zeug ernähren muss …“

Ich verstumme abrupt, als sie mich mit zusammengezogenen Augenbrauen finster anstarrt. Als wir uns kennenlernten, fand ich ihr Temperament ja noch ganz faszinierend und ich gebe zu, dass es einer der Gründe war, warum ich diese Frau damals geheiratet habe.

Na ja das und die Tatsache, dass sie verdammt gut kochen kann. Schweinebraten, Rindsrouladen, Krautwickerl, Fleischpflanzerl … Es gibt nichts, was meine Rosi nicht ausgezeichnet kochen könnte. Wenn sie denn wollte!

„Wir beide achten zukünftig besser auf unsere Ernährung und basta!“, faucht sie mich an. „Ich habe keine Lust dich irgendwann zu pflegen, nur weil du tonnenweise ungesundes Zeug in dich hineinstopfst.“

Demonstrativ sieht sie an mir hinab und als ihr Blick an meinem Bauch ankommt, hebt sie vorwurfsvoll die rechte Augenbraue.

„Jetzt bist erst ein paar Wochen daheim und hast schon zugelegt. Kein Wunder, immerhin bewegst du dich ja jetzt gar nicht mehr.“

Ich lege meine beiden Hände auf meinen Bauch und sehe sie entrüstet an. Leider hat sie nicht ganz unrecht, denn die letzten Tage musste ich meinen

Gürtel tatsächlich um ein Loch erweitern. Dennoch ist es kein Grund, mich gleich so dermaßen auf Diät zu setzen.

Allerdings kenne ich meine Frau lange genug, um zu wissen, dass jede Diskussion zwecklos ist. Daher zucke ich seufzend mit den Schultern und setze mich an den Tisch.

„Du kannst schon mal den Tisch decken“, sagt sie fordernd und wirft mir einen tadelnden Blick zu.

Das musste ich früher nie tun. Rosi hat mich von vorne bis hinten bedient, wenn ich von der Arbeit gekommen bin. Mir ist allerdings schon aufgefallen, dass sich das geändert hat, seit ich nicht mehr arbeite. Sie erwartet offensichtlich, dass ich mehr im Haushalt mithelfe.

Alleine die Vorstellung hier irgendwann mit einem Staubsauger durch das Haus zu wuseln, stellt mir die Nackenhaare auf. Es ist wohl an der Zeit mir ein Hobby zu suchen, bevor ich hier zum Hausmann umerzogen werde. Angeln wäre vielleicht eine Option. Fisch ist immerhin auch Fleisch.

Da der Blick meiner Frau mir sehr deutlich macht, dass es besser wäre zu gehorchen, stehe ich schließlich auf und hole zwei große Teller aus dem Schrank.

„Nicht die!“, seufzt Rosi genervt. „Nimm die Suppenteller!“

Ohne ein Widerwort komme ich ihrer Aufforderung nach. Anschließend öffne ich die

Besteckschublade und greife nach zwei Gabeln und Messer.

„Also Karl, den Eintopf isst man doch mit dem Löffel!“

Seit wann behandelt mich meine Frau eigentlich wie einen Schuljungen?

Absolut nichts kann ich ihr recht machen. Ich habe den Eindruck, als wäre sie schon alleine aufgrund meiner Anwesenheit genervt. Wir verbringen definitiv zu viel Zeit zusammen. Ich weiß schon, warum ich eigentlich diesen verdammten Altersteilzeitvertrag vor drei Jahren nicht unterschreiben wollte.

Doch mein Vorgesetzter hat mir dies mehr oder weniger ans Herz gelegt. Sie wollen eben keine alten Männer in der Polizei sitzen haben, die nicht mehr so taufrisch und belastbar wie die Jungspunde sind.

Als hätte ich schon damals geahnt, dass mir zu Hause die verdammte Decke auf den Kopf fallen würde. Aber letztendlich hätte ich das Unvermeidliche ja lediglich ein paar Jahre hinausgeschoben. Meine Einsatzzeit bei der Polizei ist eben abgelaufen und nun ist es Zeit für den wohlverdienten Ruhestand, wie immer jeder betont, als wäre es das Beste was mir hätte passieren können.

Tapfer schiebe ich mir einen Löffel von dem grünen Zeug in den Mund und würge ihn sogar hinunter. Es schmeckt genauso scheußlich, wie es aussieht, was ich natürlich für mich behalte, weil ich den nächsten Tag noch erleben möchte.

Tatsächlich gelingt es mir den Teller zu leeren, ohne mich dabei zu übergeben. Als Rosi allerdings zum Schöpflöffel greift, um mir nachzufassen, halte ich sie beinahe panisch zurück.

„Ich muss los! Die anderen warten bestimmt schon auf mich."

Samstags treffe ich mich immer mit meinen Kameraden im Schützenheim. Glücklicherweise gibt es da auch immer eine kleine Brotzeit, von der meine Frau nichts weiß. Da auch der Niederhaibacher Dorfmetzger bei unserem Schützenverein ist, sorgt dieser immer für genügend Verpflegung. Heute habe ich diese auch dringend nötig.

„Und den Tisch abräumen bleibt wieder an mir hängen", höre ich Rosi wettern, doch ich reagiere nicht darauf.

Es wird allerhöchste Zeit etwas Anständiges zwischen die Zähne zu bekommen und wenn ich Glück habe, gibt´s heute noch einen warmen Leberkäse. Alleine beim Gedanken daran läuft mir das Wasser im Mund zusammen und ich kann es kaum abwarten, genüsslich reinzubeißen.

Zur Not würde ich mich auch mit einem Stück kalter Lyoner oder Pfefferbeißer zufriedengeben. Hauptsache es hat nicht die Farbe von grünem Haferbrei, so wie der Eintopf, der es sich gerade in meinem Magen bequem macht.

2. Kapitel

10. November, nachmittags halb zwei in Niederhaibach

Als das Telefon klingelt, ignoriere ich es und warte bis meine Frau den Hörer abnimmt. Es dauert keine fünf Sekunden, bis sie meinen Namen ruft.

„Karl, da Leitner Xaver ist am Telefon!“

Ich runzle die Stirn und werfe einen Blick zur Uhr. Was möchte denn der Dorfmetzger um diese Uhrzeit von mir? Da sollte der doch in seiner Metzgerei stehen. Vergeblich warte ich darauf, dass Rosi mir das Telefon bringt. Leider scheint sie immer noch der Meinung zu sein, dass ich so viel auf dem Kanapee liege, denn sie macht keine Anstalten mir den Gefallen zu tun.

Daher stemme ich mich hoch und schlurfe in den Flur, wo das Telefon neben der Ladestation liegt. Rosi ist wieder in der Küche verschwunden, denn dort höre ich schepperndes Geschirr. Ich hoffe ja, dass sie einen Kuchen backt. Leider hört sich das Geräusch vielmehr an, wie das Ausräumen der Spülmaschine. Somit kann ich mir ein Stück leckeren Nachmittagskuchen wohl abschminken.

Ich nehme den Hörer an mich und begrüße den Xaver.

„Ramsauer ich habe die Polizei im Haus. Die stellen mir hier alles auf den Kopf und behaupten mein Leberkäse wäre verdorben gewesen. Kannst du bittschön vorbeikommen und deinen Kollegen ins Gewissen reden? Ich bin doch kein Verbrecher und vergiften würde ich schon gleich gar keinen."

Ich höre an seiner Stimme wie aufgebracht er ist. Dabei gehört der Xaver eigentlich zu den Leuten, die nichts aus der Ruhe bringen kann. Natürlich werde ich meinem Freund in dieser schweren Stunde zur Seite stehen, denn wenn ich mir eins kaum vorstellen kann, dann dass der Leitner Metzger verdorbene Wurst verkaufen würde.

„Ich bin gleich da!", sage ich in den Hörer, bevor ich den roten Knopf drücke und das Telefon zurück in die Ladestation stelle.

„Ich bin mal weg", rufe ich zu meiner Frau in die Küche.

Die Antwort warte ich gar nicht erst ab. Vermutlich würde ich sowieso keine bekommen, zumindest keine erfreuliche. Ich bin ziemlich sicher, dass sie ein Dankgebet noch oben schickt, dass ich endlich aus dem Haus bin.

Als ich beim Leitner Metzger vorfahre, stehen drei Polizeiautos vor dem Laden und zwei Beamte vor der Tür. Ich kenne die beiden, denn vor ein paar Wochen haben wir noch zusammen gearbeitet.

„Servus Ramsauer", begrüßen sie mich unisono.

„Du musst deine Wurst heute woanders kaufen. Der Metzger ist vorübergehend geschlossen.“

Mein ehemaliger Kollege Markus zuckt mit den Schultern, als er mir den Weg versperrt.

„Ich möchte nix kaufen. Der Leitner Xaver hat mich angerufen und mich um Hilfe gebeten.“

„Aber du bist in Pension und nicht mehr zuständig“, entgegnet er stirnrunzelnd.

„Na und?“, antworte ich schulterzuckend. „Ich kann mich doch trotzdem hier mal umsehen. Was wird ihm eigentlich vorgeworfen?“

„Ein Kunde von ihm liegt mit einer Vergiftung im Krankenhaus und zwei weitere mit leichten Symptomen zu Hause.“

„Und einer liegt in der Pathologie“, vervollständigt Georg, der zweite Kollege.

„Was hat das mit dem Leitner Metzger zu tun?“

„Alle vier haben vom Leberkäse gegessen, der in dieser Metzgerei gekauft wurde“, antwortet Georg.

„Das muss nichts heißen. Es könnte genauso gut die Semmel oder das Brot Schuld gewesen sein.“

„Die Gerichtsmedizin hat eindeutig den Leberkäse als Übeltäter identifiziert.“

Ich sehe meinen ehemaligen Kollegen ungläubig an und schlucke schwer, als mir klar wird, dass wir am Samstag im Schützenhaus alle von Xavers Leberkäse gegessen haben. Natürlich auch ich und das wirklich nicht zu knapp.

„Und es ist sicher, dass die Opfer erst heute von dem Leberkäse gegessen haben?“, frage ich hoffnungsvoll.

Wenn dem so ist, sollte ich nicht in Gefahr sein.

„Laut Gerichtsmedizin und Aussagen der anderen Opfer schon“, antwortet Georg.

Ich atme auf und kann nicht leugnen, dass ich erleichtert bin. Auch wenn ich mir beim besten Willen nicht vorstellen kann, dass Xavers Leberkäse vergiftet war.

„Und sie haben den Leberkäse sicher vom Leitner gekauft?“, hake ich daher nach.

„Das müssen die genauen Tests erst noch klären, aber die Frauen der Opfer haben angegeben nur bei diesem Metzger ihre Wurst- und Fleischwaren zu kaufen.“

Ich sehe durch das Schaufenster und als Xaver mich entdeckt, winkt er mich zu sich. Man sieht ihm die Anspannung deutlich an. Er wirkt beinahe verzweifelt, was angesichts des Polizeiaufgebots nicht weiter verwunderlich ist.

Als ich auf den jungen Polizisten zugehe, der soeben den Xaver befragt, wird mir klar, dass ich ihn noch nie zuvor gesehen habe. Er muss neu bei der hiesigen Polizei sein. Da bin ich gerade einmal ein paar Wochen außer Dienst und schon werde ich durch einen solchen Jungspund ersetzt.

„Ramsauer, gut dass du da bist. Der hier behauptet, dass wegen meinem Leberkäse einer gestorben ist. Du hast doch am Samstag erst davon gegessen und bist auch nicht gestorben.“

Der Xaver sieht mich mit einem flehenden Blick an, als wäre ich seine ersehnte Rettung.

„Darf ich fragen, wer Sie sind?“

Der junge Beamte mustert mich misstrauisch.

„Ramsauer Karl, Kommissar außer Dienst“, stelle ich mich vor.

„Ach, ein pensionierter Kollege“, erwidert er mit deutlicher Skepsis in der Stimme. „Was machen Sie hier?“

„Ich helfe Ihnen bei der Aufklärung des Falls“, antworte ich entschlossen.

„Sollten Sie nicht lieber Ihren Ruhestand genießen?“

Es ist eine Mischung aus Vorwurf und Befehl. Soweit kommt es noch, dass ich mir von so einem dahergelaufenen Jüngling sagen lasse, was ich tun soll. Noch dazu, da dies meine Chance ist, aus dem öden Rentnerdasein zu entfliehen.

„Ich mache das, weil der Leitner Xaver mein Freund ist und ich von seiner Unschuld überzeugt bin“, antworte ich und klopfe Xaver auf die Schulter.

Er nickt mir dankbar zu und seine Lippen verziehen sich zu einem schiefen Lächeln.

„Herr Ramsauer, das hier ist mein Fall und ich werde keine rekrutierten Rentner in meinem Team dulden“, antwortet er herablassend.

Er sieht mich an, als wäre ich ein alter, rostiger Wagen, der auf den Schrottplatz gehört. Wenn ich eins nicht ausstehen kann, dann sind das solch überhebliche Arschlöcher, die glauben die Weisheit mit dem Löffel gefressen zu haben.

„Ich habe nicht vor mit Ihnen im Team zu arbeiten“, entgegne ich mit gerecktem Kinn. „Vielmehr werde ich den Fall alleine lösen und zwar noch bevor sie überhaupt eine Ahnung haben, wer der Täter sein könnte. Eines können Sie sich nämlich gewiss sein, der Leitner Xaver hat seine Kunden ganz sicher nicht vergiftet.“

Die Mundwinkel des jungen Polizisten zucken amüsiert und ich sehe ihm deutlich an, dass er meine Aussage nicht als Herausforderung ansieht. Er belächelt mich lediglich und das wird ihm noch leidtun, denn ich werde ihm zeigen, wer von uns beiden der bessere Kriminaler ist.

3. Kapitel

10. November, nachmittags halb drei in Niederhaibach

„Xaver, du musst mir jetzt wirklich die Wahrheit sagen!“, fordere ich eindringlich, als wir endlich alleine sind. „Wäre es irgendwie möglich, dass dein Leberkäse verdorben oder vergiftet war?“

„Bist du narrisch?“, fragt er entsetzt. „Natürlich nicht. Ich habe ihn ja gestern noch selbst gegessen.“

„Mach dir keine Sorgen, wenn du dir nichts vorzuwerfen hast, dann wird sich das alles aufklären.“

„Aber die haben mir den Laden zugesperrt. Die ruinieren meinen Ruf!“

Ich kann seine Aufregung verstehen und dennoch werde ich diesen jungen Polizisten nicht umstimmen können. Er leitet die Ermittlungen und geht natürlich nach Schema F vor, so wie er es gelernt hat. Leider tendieren Polizisten in diesem Alter dazu, nicht davon abzuweichen. Daher wird er auch ganz sicher nicht davon absehen, Xavers Metzgerei zu schließen, bis der Fall geklärt ist. Natürlich ist mir bewusst, welch finanziellen Schaden dies für meinen Freund nach sich zieht. Dennoch sind mir in diesem Fall die Hände gebunden.

Wäre ich noch der leitende Kommissar würde ich seine Wurstwaren alle testen lassen und wenn es keine toxischen Spuren darin geben würde, könnte er seine Metzgerei wieder öffnen. Natürlich auch nur, weil ich den Xaver schon seit über dreißig Jahren kenne und weiß, dass er niemals tun würde, was ihm derzeit unterstellt wird.

„Ich weiß, allerdings können wir da vorerst nichts daran ändern. Aber ich verspreche dir, dass ich mich auf Tätersuche begebe und so schnell wie möglich herausfinde, wer wirklich hinter dem verdorbenen Leberkäse steckt."

Entsetzt sieht Xaver dabei zu, wie die Beamten seine Kühlung leerräumen. Das alles wandert nun ins Labor und wird eingehend untersucht. Schade um das leckere Essen. Ich hoffe wirklich, dass die Wahrheit herauskommt und sich herausstellt, dass Xavers Wurst- und Fleischwaren einwandfrei sind.

„Da will mir sicher jemand was anhängen", murmelt der Xaver.

„Haben Sie etwa einen Verdacht?", fragt der junge Polizist hellhörig.

„Mit Ihnen rede ich nicht!", knurrt ihn der Xaver grimmig an. „Sie machen mir hier gerade den Laden dicht. Schauen Sie raus, die Leute gucken schon!"

Mit einer Handbewegung deutet Xaver auf seine verglaste Ladeneingangstür und die Schaufensterfront. Natürlich hat es nicht lange gedauert, bis es sich in Niederhaibach herumgesprochen hat, dass vorm Metzgerladen ein Polizeiaufgebot steht. Sogar der werte Herr Pfarrer hat es sich nicht nehmen lassen und ist zum Leitner Metzger gepilgert und das obwohl er fast drei Zentner hat und normalerweise nicht mal den kurzen Weg vom Friedhof zur Kirche zu Fuß zurücklegt.

Aber ist ja auch kein Wunder, immerhin ist er Stammgast beim Leitner Metzger und vermutlich sein bester Kunde. Ein leerer Sack steht eben nicht, wie man bei uns so schön sagt. Die überschüssigen Pfunde lassen sich eben nicht wegbeten und sogar Kirchendiener sind nicht vor der Versuchung des Genusses gefeit.

Hochwürden drückt sich gerade seinen Ranzen an der Schaufensterscheibe platt, denn der steht so weit über, dass er seinen Kopf gar nicht weit genug vorbeugen kann, um mit der Nasenspitze das Glas zu berühren. Neben ihm steht seine Pfarrerköchin, die ebenfalls für ihre Neugierde bekannt ist.

Kein Wunder, dass der Xaver verzweifelt ist. Vor der Scheibe stehen alle möglichen Tratschtanten, die Niederhaibach zu bieten hat. Gudrun, die Friseurin; Lisbeth, vom Kramerladen; Gertraud; von der Bäckerei und alle neugierigen Weiber, die das Dorf sonst noch zu bieten hat.

Unter diesen Umständen dauert es keine zwei Minuten, bis auch der Letzte vom Dorf weiß, dass die Polizei dem Leitner den Laden zugesperrt hat. Xavers

Frau Hildegard steht in der Ecke und putzt sich lautstark die Nase.

Ich bin nicht sicher, ob sie wirklich so verzweifelt ist, dass ihr die Tränen kommen oder ob sie einfach eine theatralische Ader hat, die sie nun auslebt. Mit einem rosageblümten Stofftaschentuch wischt sie sich die Tränen von den Wangen, während die Beamten auch noch die Frischetheke bis zur letzten Scheibe Wurst ausräumen und mitnehmen.

„Habt´s ihr nix Besseres zu tun, als hier rumzustehen und blöd zu schauen?“, ruft sie schließlich in Richtung der Schaulustigen.

Der Pfarrer ist der erste, der seine Neugierde überwinden kann und anfängt seine Schäfchen von der Scheibe weg zu lotsen. Allerdings zieht die Bande nicht ab, sondern stellt sich einfach mit etwas Abstand gegenüber der Straße auf und beobachten das Geschehen weiter.

„Hilde, geh halt du rauf. Das musst du dir doch nicht mitanschauen“, sagt der Xaver zu seiner Frau.

Sichtlich verzweifelt zieht sie die Nase hoch und nickt anschließend schluchzend. Noch einmal schnäuzt sie sich lautstark, bevor sie sich schließlich umwendet und durch die Schwingtür im hinteren Teil der Metzgerei verschwindet.

Die Leitners wohnen über ihrem Geschäft und dieses ist schon seit fünf Generationen im Familienbesitz. Alle erstgeborenen Leitners hießen Xaver und alle waren Metzger und haben das

Familiengeschäft fortgeführt. Auch dem Xaver sein Ältester trägt diesen Namen und hat auch schon eine Ausbildung zum Metzger absolviert.

Eigentlich sollte er in ein paar Jahren die Metzgerei übernehmen. Doch wenn an der Sache mit dem verdorbenen Leberkäse was dran ist, dann gibt es vielleicht bald nichts mehr zum übergeben. Und selbst wenn die Unschuld von den Leitners bewiesen wird, ist es nicht gewiss, dass sie an ihre alten Erfolge anknüpfen können.

Wie sagt man so schön?

Ein bisschen was bleibt immer hängen!

Es wäre wirklich zu schade, wenn ich dem Xaver seine Wurst nicht mehr kriegen könnte, denn er macht wirklich die Beste weit und breit. Sogar von der Stadt fahren die Leute her, nur um sich für das Wochenende mit Fleisch und Wurst einzudecken.

Außerdem bezieht er sein Fleisch von den umliegenden Bauern, die er angemessen bezahlt. Auch diese profitieren von dem Erfolg der Metzgerei, denn von den Viehhändlern würden sie nur einen Bruchteil für ihre Tiere bekommen.

Zudem macht der Xaver den allerbesten Leberkäse. Ich könnt mir ein Leben ohne den gar nicht vorstellen. Daher ist es auch so wichtig, möglichst schnell den Täter ausfindig zu machen. Nicht auszudenken, wenn ich den Leberkäs vom Supermarkt essen müsst.

Da würde ich glatt lieber der Rosi ihren grünlichen Eintopf vorziehen. Nur einmal hat die Rosi mir eine Scheibe von dem billigen, in Plastik verpackten Zeug, das lediglich das Aussehen von Leberkäse hatte, vorgesetzt. Noch nicht einmal das Anbraten und servieren mit einem Spiegelei konnte mich darüber hinwegtäuschen, dass es nicht dem Xaver sein Leberkäse war.

Es ist kaum zu glauben, aber ich habe das ungenießbare Etwas, welches noch nie in seinem Leben ein Schwein gesehen hat, im Müll entsorgt. Dabei gehöre ich wirklich nicht zu den Menschen, die Essen wegwerfen. Doch das was die Rosi da aus dem Discounter geholt hat, hatte mit Essen wirklich nichts zu tun.

Entschlossen nicke ich dem Xaver zu. Wenn ich in der nächsten Zeit nicht den Hungertod sterben oder als Vegetarier enden möchte, bleibt mir gar nichts anderes übrig, als den Mistkerl ausfindig zu machen, der es wagte meinen Leberkäs-Nachschub zu stoppen.

Ende der Leseprobe

Impressum

Elisa Lark
c/o Werneburg Internet Marketing und Publikations-Service
Philipp-Kühner-Straße 2
99817 Eisenach

E-Mail: elisa-lark@freenet.de

Printed in Poland
by Amazon Fulfillment
Poland Sp. z o.o., Wrocław

82709292R00094